1~2학년
교과서

전래 동화

글 해바라기 기획 | 그림 김진경

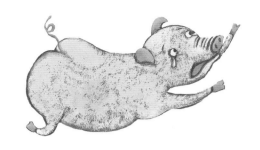

머리말

옛날, 아주 먼 옛날 호랑이가 담배 피던 시절…….

이렇게 시작하는 전래 동화는 참 재미가 있어요. 엄마 아빠 또는 할머니 곁에 앉아 호랑이를 골탕 먹이는 토끼 이야기, 빙글빙글 돌리면 무엇이든 척척 만들어 내는 맷돌 이야기, 코를 줄였다 늘였다 하는 부채 이야기 등을 듣다 보면 내가 주인공이라도 된 양 가슴을 졸이기도 하고, 기쁨에 겨워 환호성을 지르기도 하며 이야기 속으로 쏙 빠져들게 되지요.

그럼 전래 동화는 그저 재미있는 옛날이야기일 뿐일까요?

전래 동화는 오랜 세월 동안 입에서 입으로 전해 내려왔기에, 이야기 속에 조상의 삶의 지혜와 슬기가 담겨 있어요. 너무 큰 욕심을 부리면 오히려 화를 당한다거나, 남을 도와주는 착한 사람은 복을 받는다거나, 지혜를 발휘하면 어려움도

거뜬히 헤쳐 나갈 수 있다는 교훈이 숨어 있지요.

따라서 어린이에게 바르게 행동하라고 얘기하지 않아도, 지혜롭고 착한 어린이가 되라고 강요하지 않아도 전래 동화를 읽으면 자연스럽게 생각이 넓고 깊은 어린이가 된답니다.

자, 그럼 1~2학년 어린이 여러분! 지금부터 1~2학년 교과서에 수록된 전래 동화만 쏙쏙 뽑아 엮은 『1~2학년이 보는 교과서 전래 동화』를 펼치고 곶감이 제일 무서운 호랑이가 줄행랑을 치고, 놀부에게 쫓겨난 흥부가 슬금슬금 박을 타는 이야기 속으로 들어가 볼까요?

차례

■ 1학년 교과서 수록 전래 동화 ■

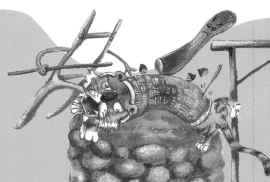

■ 2학년 교과서 수록 전래 동화 ■

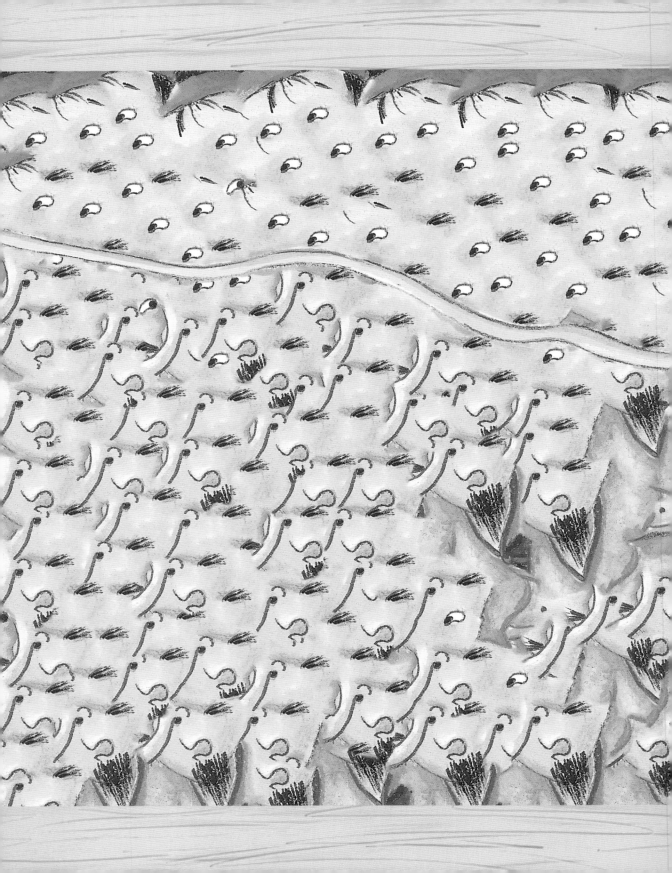

1학년 교과서 수록 전래 동화

토끼와 호랑이

『국어 1-1 나』, 6. 문장을 바르게

어느 겨울날이었어요. 늘어지게 낮잠을 즐긴 토끼가 먹이를 찾아 굴 밖으로 나왔어요.

'얼른 겨울이 지나고 봄이 왔으면 좋겠어. 그래야 싱싱한 풀을 마음껏 먹을 수 있을 텐데……'

토끼는 이런 생각을 하며 먹이를 찾아 고개를 두리번거렸어요. 그러다 그만 딱 호랑이와 마주쳤어요.

"어흥! 이게 누구실까? 토끼 아니야? 마침 배가 고파 먹이를 찾던 중인데 너 아주 잘 만났다."

호랑이는 당장이라도 잡아먹을 듯이 입을 크게 벌렸어요.

"어머나, 호랑이님, 잠시만요. 사실은 제가 지금 막 떡을 구워 먹으려던 참이거든요. 저만 잡아먹지 마시고 맛있는 떡도 함께 드시면 어떠시겠어요?"

"뭐? 떡이라고?"

떡을 구워 먹으려 했다는 토끼의 말에 호랑이는 입안에 군침이 돌았어요.

'그래, 노릇노릇 잘 구워진 떡을 먹고 난 뒤에 토끼를 잡아먹자.'

호랑이는 생각만 해도 기분이 좋았어요.

"알았다. 그런데 떡은 어디에 있느냐?"

"저쪽에 있어요. 이리 오세요."

토끼는 호랑이를 데리고 양지바른 곳으로 갔어요.

"호랑이님, 잠시만 여기에 계세요. 제가 떡을 가져 올게요."

토끼는 이렇게 말하고는 자갈밭으로 뛰어갔어요. 그러고는 둥글납작한 돌멩이를 주워서 호랑이가 있는 곳으로 왔어요.

"호랑이님, 조금만 기다리세요. 불을 피워서 떡을 구울게요."

토끼는 부지런히 나뭇가지를 주워 와 불을 피우더니 그 위에 돌멩이를 올려놓았어요.

"이제 노릇노릇하게 구워질 때까지 기다리면 돼요. 아, 참 떡을 찍어 먹을 꿀을 가져 오지 않았네? 호랑이님, 제가 집에 가서 꿀을 가져올 테니 떡이 잘 구워지나 보고 계세요."

"꿀? 그거 좋지. 얼른 가서 가져 오너라."

호랑이는 입맛을 쩝쩝 다시며 말했어요.

"예, 알았어요. 그런데 떡이 모두 열 개거든요. 제가 올 때까지 한 개도 먹으면 안 돼요. 아셨지요?"

"알았다니까! 얼른 가서 꿀을 가져오기나 해."

호랑이의 *호통에 토끼는 깡충깡충 급히 달려갔어요.

호랑이는 군침을 삼키며 활활 타는 불 위에 놓인 떡을 바라보았어요. 그러다 무심코 떡을 세어보았어요.

"하나, 둘, 셋, 넷……, 아홉, 열, 열하나."

 호통 : 몹시 화가 나서 큰 소리로 꾸짖음

　　그런데 이상했어요. 떡이 열한 개였어요. 토끼가 분명 열 개라고 했는데 말이에요. 호랑이는 잘못 세었나 싶어서 천천히 다시 한 번 세어 보았어요.

　　"하나, 둘, 셋, 넷……, 아홉, 열, 열하나."

　　역시 열한 개였어요.

　　"하하하, 멍청한 토끼 녀석. 떡이 열한 개인 줄도 모르는군. 그렇다면 내가 한 개를 먹어도 모르겠지?"

　호랑이는 토끼가 오기 전에 얼른 먹어치우려고 떡을 한
개 집어 재빨리 꿀꺽 삼켰어요.

　"아아아아앗, 뜨거워! 호랑이 살려."

　뜨거운 불에 구워진 돌멩이를 꿀꺽 삼킨 호랑이는 뱃속
이 너무 아파 바닥을 데굴데굴 구르다 펄쩍펄쩍 뛰다 배를
움켜쥐고 쭈그려 앉다 엉엉 울음을 터뜨렸어요.

　뜨거운 돌을 삼켜 배 속을 데인 호랑이는 며칠 동안 굴속

에 누워 끙끙 앓았어요.

　며칠 뒤 겨우 기운을 차린 호랑이는 굴 밖으로 나와 어슬렁어슬렁 먹잇감을 찾아다녔어요. 그러다 그 토끼를 또 만났어요.

　"이놈, 너 잘 만났다. 감히 나를 속여? 이번에는 당장 잡아먹고 말겠다! 어흥"

　호랑이는 화가 나 토끼에게 덤벼들었어요. 그러자 약삭빠른 토끼가 다시 꾀를 냈어요.

　"아, 아. 호랑이님, 잠깐만요. 제가 지금 막 참새를 잡으려던 참인데요. 혹시 참새고기 좋아하세요?"

　"뭐? 참새라고?"

　"네, 저쪽에 참새가 아주 많이 있는 걸 봤어요. 제가 참새를 몰아올 테니 호랑이님은 가시덤불 속에 숨어서 입만 쩍 벌리고 계세요. 그러면 호랑이님 입으로 참새가 마구 들어올 거예요. 호랑이님은 가만히 앉아서 꿀꺽꿀꺽 참새를 드시기만 하면 돼요."

토끼의 말에 호랑이는 귀가 솔깃해졌어요.

'야들야들한 참새를 먹고 나서 토끼를 먹으면 엄청 배가 부르겠는걸? 하하하.'

호랑이는 생각만 해도 기분이 좋아졌어요.

"알았다. 내가 가시덤불 속에 숨어 있을 테니 얼른 가서 참새를 몰아오너라."

호랑이는 가시덤불 속에 들어가 입을 쩍 벌리고 앉았어요.

그 모습을 본 토끼는 얼른 가시덤불 주위에 불을 질렀어요. 불이 붙자 마른 가시덤불은 순식간에 타닥타닥 소리를 내며 호랑이가 앉아 있는 쪽으로 타 들어갔어요.

"히히, 소리가 요란한 걸 보니 참새가 많이 날아드나 보다."

호랑이는 가시덤불이 타는 소리가 참새가 날아오는 소리인 줄 알고 입을 더욱더 크게 벌렸어요. 그 순간 세찬 불길이 몰려와 호랑이의 몸을 덮쳤어요.

"앗, 뜨거워. 뜨거워."

호랑이는 깜짝 놀랐어요. 간신히 불길을 빠져나와 모래밭

으로 달려가 데굴데굴 굴러 몸에 붙은 불을 껐어요. 몸에
붙은 불을 끄고 나서 몸을 살펴보니 온몸의 털은 홀라당
다 타버리고 몸은 새까맣게 그을려 있었어요. 참으로 초라
하고 볼품없는 모습이었지요.

　호랑이는 또다시 굴속에 누워 며칠을 끙끙 앓았어요. 얄

미운 토끼를 생각하기만 해도 화가 머리끝까지 났어요.

"이놈의 토끼. 다시 만나기만 해 봐. 가만 두지 않겠어."

얼마 후 몸을 추스른 호랑이가 굴 밖으로 나와 어슬렁거리다 그 토끼를 다시 만났어요.

"이 괘씸한 놈. 날 두 번씩이나 속이다니. 당장 잡아먹고 말겠다!"

화가 난 호랑이가 토끼에게 덤벼들었어요. 그러자 꾀 많은 토끼가 말했어요.

"어머, 호랑이님. 잠깐만요. 제가 지금 물고기를 잡으려던 참이에요. 아주 잘됐네요. 먼저 물고기를 먹고 나서 저를 잡아먹으면 훨씬 배가 부를 거예요."

토끼의 말에 호랑이는 귀가 솔깃해졌어요.

"물고기는 어떻게 잡을 건데?"

"아주 쉬워요. 낚시를 하면 돼요. 호랑이님이 저기 냇가에서 꼬리만 물속에 넣고 앉아 있으면 돼요. 대신 움직이지 말고 가만히 있어야 해요. 그러면 헤엄을 치던 물고기들이

꼬리에 달라붙을 거예요. 호랑이님은 그때 꼬리를 들어 올려서 주렁주렁 매달린 물고기를 맛있게 먹으면 돼요.”

호랑이는 얼른 개울가로 달려가 꽁꽁 언 얼음을 동그랗게 깨고는 꼬리를 물속에 담그고 가만히 앉아 있었어요.

호랑이는 맛있는 물고기를 먹을 생각에 꼼짝도 하지 않고 한참을 그렇게 앉아 있었어요.

“자, 이제는 됐겠지? 어디 얼마나 물고기가 달렸는지 볼까?”

그런데 이게 웬일일까요? 엉덩이를 들어 올리려 했지만 몸이 움직이지를 않았어요.

“어? 왜 이러지? 왜 몸이 움직이지 않는 거지?”

알고 보니 꼬리를 물속에 담그고 있는 사이 물이 꽁꽁 얼어 버린 것이었어요.

“에잇! 토끼에게 또 속았어. 아아악!”

호랑이는 울며 몸부림을 쳤지만 물과 함께 꽁꽁 언 꼬리는 빠지지 않았답니다.

떡 먹기 내기

『국어 활동 1-1 나』, 6. 문장을 바르게

옛날 어느 마을에 세 친구가 있었어요. 세 친구는 눈이 오나 비가 오나 함께 어울려 놀았어요. 세 친구의 이름은 박박이와 코훌쩍이, 눈북북이였어요.

박박이는 머리를 박박 긁는 버릇이 있었고, 코훌쩍이는 늘 코를 훌쩍이는 버릇이 있었고, 눈북북이는 늘 눈을 비비는 버릇이 있었어요.

"있잖아. 우리 제기차기 할래?"

머리를 박박.

"훌쩍, 좋아. 내가 먼저…… 훌쩍훌쩍, 찰게."

"얼른 시작해."

눈을 비비적 비비적……

어느 날, 이런 세 친구에게 동네 어른이 떡 한 접시를 주었어요.

"사이좋게 나눠 먹으렴."

세 친구는 떡 한 접시를 보고는 재미있는 *꾀를 내었어요. 바로 내기를 해서 이기는 사람이 떡 한 접시를 다 먹는

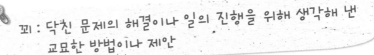

꾀 : 닥친 문제의 해결이나 일의 진행을 위해 생각해 낸 교묘한 방법이나 제안

거였지요.

내기가 뭐냐고요? 자기 버릇을 오래 참기였어요. 박박이
는 머리 긁지 않고 오래 참기, 코훌쩍이는 코를 훌쩍이지
않고 오래 참기, 눈북북이는 눈을 비비지 않고 오래 참기
였지요.

세 친구는 떡 한 접시를 혼자 몽땅 먹기 위해 참고 또 참
았어요.

한참의 시간이 흐르자 박박이는 못 견딜 정도로 머리가 긁고 싶었어요. 그래서 좋은 꾀를 생각해 내었어요.

"참, 나 아까 산에서 사슴 봤다. 뿔이 여기도 있고, 여기도 있더라."

박박이는 사슴 뿔 얘기를 하며 자기의 머리를 여기 저기 박박 긁었어요.

그러자 코훌쩍이가 말했어요.

"그래? 내가 보았다면 이렇게 활을 쏘아 잡았을 텐데."

코훌쩍이는 활을 당기는 시늉을 하며 옷소매로 쓰윽 코를 닦으며 코를 훌쩍 들이마셨어요.

"뭐라고? 활로 사슴을 잡는다고? 으앙, 그건 너무 슬퍼. 흑흑."

눈북북이는 눈물을 닦는 척 눈을 비비며 말했어요.

"으하하! 하하하!"

세 친구는 동시에 하하하, 크게 웃음을 터뜨렸어요. 자신들이 낸 꾀가 재미있었던 거예요.

"우리, 내기는 그만두고 떡이나 먹자."
세 친구는 사이좋게 떡을 나누어
먹었답니다.

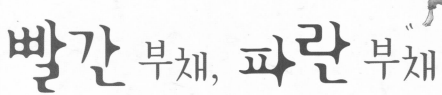

빨간 부채, 파란 부채

『여름 1』, 1. 여름이 왔어요

옛날, 어느 마을에 무척이나 게으른 부부가 살고 있었어요. 어찌나 게으른지 모기가 팔에 앉아 피를 빨아 먹어도 팔을 움직이기 귀찮아서 그대로 모기에게 물리고 있는 부부였어요.

어느 날 한 스님이 게으른 부부의 집 대문에 서서 말했어요.

"목이 말라 그러는데 물 한 대접 얻어 마실 수 있을까요?"

마루에 누워 달콤하게 낮잠을 자고 있던 남편은 짜증이 났어요.

"귀찮게 무슨 물을 달라는 거요. 옆집에나 가 보시오."

남편은 퉁명스럽게 말을 하고는 다시 잠을 잤어요. 잠시 뒤 아내가 웬 부채를 들고 와 말했어요.

"대문 앞에 이게 있네요."

부인이 들고 온 것은 빨간 부채와 파란 부채였어요.

"아까 스님이 왔었는데 놓고 갔나 보군. 찾으러 오겠지 뭐."

그러나 며칠이 지나도 스님은 오지 않았어요. 그러던 어느 날, 무더위로 땀을 뻘뻘 흘리던 남편이 말했어요.

"여보, 그 부채 좀 꺼내 오구려. 원 무슨 날씨가 이리도 더운지."

아내는 얼른 장롱 위에 올려 두었던 부채를 들고 왔어요. 남편은 빨간 부채를 들고, 아내는 파란 부채를 들고 부채질을 하기 시작했어요. 그런데 이상한 일이 벌어졌어요.

남편이 빨간 부채를 부치자 코가 점점 커지는 거였어요. 반대로 파란 부채를 부친 아내는 코가 점점 작아졌어요.

"에구머니나! 내 코, 내 코가 작아졌어요!"

아내가 놀라 소리를 질렀어요.

"아이고! 내 코는 길어졌어."

남편과 아내는 자신의 코를 만져 보며 놀라

어쩔 줄 몰라 했어요.

"어디, 부채를 바꿔서 부쳐 봅시다."

남편의 말에 아내는 부채를 서로 바꾸고 부쳐 보았어요. 그랬더니 코가 원래대로 돌아왔어요.

"오호라! 이게 보통 부채가 아니구나. 요술 부채야. 요술 부채!"

"맞아요. 빨간 부채로 부채질을 하면 코가 길어지고, 파란 부채로 부채질을 하면 코가 짧아져요."

얼마 후 *고을 *사또의 생일잔치가 열렸어요. 게으른 남편은 사또의 잔치에 빨간 부채를 들고 갔어요. 사또는 흥겨운 잔치에 기분이 좋아 한 잔 두 잔 술을 마시다 얼큰히 취했어요.

"아이고, 어지러워. 이제 잔치를 끝마칠 테니 모두들 돌아가도록 하라."

사또는 잔치 끝내고 쓰러져 잠이 들었어요. 그때 게으른 남편은 얼른 사또의 코에 대고 빨간 부채로 부채질을 했어요. 그러자 사또의 코가 쭉 늘어났어요.

고을 : 군청이 위치한 지역 사회
사또 : 일반 백성이나 하급 벼슬아치들이 자기 고을의 원을 존대하여 부르던 말

다음 날 고을은 발칵 뒤집혔어요. 갑자기 사또의 코가 길게 늘어나는 병에 걸렸다는 소문이었어요. 누구든 사또의 코를 원래대로 고쳐 주는 사람에게는 큰 상을 내린다는 소문도 났어요.

용하다는 의원들이 줄줄이 사또의 코를 고치기 위해 모여들었어요. 그러나 누구도 사또의 병을 고치지 못했어요. 사또는 기다란 코를 달고 울상이 되었어요.

게으른 남편은 어깨를 쫙 펴고 사또를 찾아갔어요.

"사또, 제가 그 코를 고칠 수 있습니다."

"뭐라? 그게 정말이냐? 어서, 어서 고쳐 보아라."

사또는 반가운 마음에 게으른 남편 앞으로 나앉으며 말했어요.

"예, 사또. 잠시만 눈을 감으시지요."

게으른 남편은 파란 부채를 사또의 코에 대고 살살 부채질을 하였어요. 그러자 사또의 코는 원래대로 돌아왔어요.

"살았다, 살았어! 코가 돌아왔어!"

사또는 게으른 남편에게 많은 보물을 상으로 주었어요.
게으른 남편은 콧노래를 흥얼거리며 집으로 돌아왔어요.

얼마 뒤 마루에 누워 있던 게으른 남편이 혼잣말을 했어요.

"코에 빨간 부채로 부채질을 하면 얼마나 길어질까? 심심한데 어디 한번 해 볼까?"

게으른 남편은 빨간 부채로 부채질을 계속했어요. 그러자 코는 쭉쭉 늘어나 하늘 위로 올라갔어요. 하늘에는 옥황상제가 살고 있었는데, 갑자기 코가 쑥 들어오자 깜짝 놀랐어요.

"아니, 이게 무엇이란 말이냐? 요상한 것이 하늘에 들어왔다. 기둥에 묶어라!"

옥황상제의 말에 하늘 병사들이 코를 기둥에 꽁꽁 묶었어요.

"요것 참, 요상하구나. 말랑말랑하기까지 하네."

병사들은 길쭉한 코가 신기한지 창으로 콕콕 찔러 보기도 했어요.

"앗, 따가워. 아야!"

게으른 남편은 안 되겠다 싶어 얼른 파란 부채로
부채질을 했어요. 그래야 코가 짧아지니까요. 그런
데 이게 웬일일까요? 갑자기 몸이 붕 떠오르더
니 하늘로 올라가는 거였어요. 코가 하늘나
라 기둥에 묶여 있어서 줄어드는 코를 따라
몸이 올라간 거였어요.

그런데 아뿔싸! 게으른 남편의 몸이
한창 하늘 위로 올라가고 있는데
갑자기 코를 묶어 놓은 줄이 툭,
풀려 버렸어요.

"으아악~ 사람 살려!"

하늘로 떠올랐던 게으른
남편은 땅으로 곤두박
질치며 떨어지고 말았
답니다.

흥부와 놀부

『국어 1-2 가』, 1. 느낌을 나누어요

옛날 옛날 한 옛날에 흥부와 놀부가 살았어요. 둘은 한 부모님에게서 태어난 형제였지만 성격이 서로 달랐어요.

형인 놀부는 욕심이 많은 심술꾸러기였고, 동생인 흥부는 인정이 많고 마음씨가 고왔어요.

놀부는 부모님이 돌아가시자 동생인 흥부를 돈 한 푼 주지 않고 집에서 내쫓았어요.

"형님, 아내와 12명의 아이들을 데리고 이 추운 날 어디로 가란 말씀이신가요. 나가더라도 따뜻한 봄이 오면 나갈 테니 그때까지만 집에 있게 해 주세요."

41

흥부는 놀부에게 눈물을 흘리며 사정했어요. 하지만 인정머리 없는 놀부는 흥부를 당장 내쫓았어요.

"시끄럽다. 듣기 싫으니 어서 썩 나가거라."

흥부는 형에게 쫓겨났지만 형을 원망하지 않았어요. 다행히 마을 끝에 빈 초가집이 한 채 있어서 그 집에서 살기로 했어요. 낡은 집이지만 살 집은 해결이 되었는데, 농사지을 땅이 하나 없어 남의 집 일을 해서 겨우겨우 목구멍에 풀칠을 했어요. 그러다 보니 12명의 아이들은 늘 배가 고팠어요.

어느 날, 아내가 힘없는 목소리로 말했어요.

"여보, 쌀독에 쌀이 떨어진 지 오래 되었어요. 며칠을 굶었더니 기운이 하나 없네요."

그러자 옆에 있던 아이들이 하나같이 칭얼거리며 말했어요.

"아버지, 배고파요. 밥 좀 배불리 먹게 해 주세요."

"보리밥이라도 실컷 먹어 봤으면 좋겠어요."

아이들이 하는 말에 흥부는 가슴이 찢어지는 것 같았어요.

"여보, 그러지 말고 형님 댁에 가서 쌀 좀 얻어 오세요. 아이들에게 죽이라도 쑤어 주게요."

홍부는 아내의 말에 12명의 자식들을 훑어보았어요. 다들 굶주림에 지쳐 있었어요.

"알았소. 내 그럼 형님 댁에 다녀오리다."

홍부가 놀부 형 집에 왔을 때는 마침 놀부 부인이 밥을 짓고 있었어요. 구수한 쌀밥 냄새가 마당 가득했어요.

"형수님, 그동안 안녕하셨어요? 우리 아이들이 배가 고파 그러니 쌀 좀 꾸어 주시겠어요?"

그러자 놀부 부인이 밥을 푸던 밥주걱으로 홍부의 뺨을 철썩 때렸어요.

"아침부터 웬 거지가 와서 귀찮게 하는 거야? 썩 꺼지지 못해!"

밥주걱으로 맞은 홍부의 한쪽 뺨에 밥알이 덕지덕지 붙었어요. 그러자 홍부가 허겁지겁 손으로 밥알을 떼어 먹으며 말했어요.

"아이고, 형수님, 감사합니다. 이쪽, 이쪽 뺨도 마저 때려 주십시오."

"뭐야? 이런 거지가 어디 남의 양식을 축내려고 해! 어서 꺼지라니까!"

놀부 부인은 흥부의 뺨에 붙은 밥알도 아깝다며 몽둥이를 들고 흥부를 내쫓았어요.

쌀은커녕 매만 맞고 쫓겨난 흥부는 돌아오면서 눈물을 흘렸어요.

"이를 어쩐담. 빈손으로 돌아가면 아내와 아이들이 실망할 텐데……. 에휴."

터덜터덜 집으로 들어서던 흥부는 마당가에서 제비 새끼를 한 마리 보았어요. 처마 밑 제비 둥지에서 떨어져 다리가 부러져 있었어요.

"에구 얼마나 아프니? 쯧쯧 불쌍한 것."

흥부는 다리가 부러진 제비를 손에 들고 안타까워했어요. 그때 아내와 아이들이 흥부가 돌아온 것을 알고 방에서 나왔어요.

"여보, 형님 댁에서 뭐 좀 얻어 왔어요?"

흥부 아내는 기대에 차 물었어요. 그러나 아무리 눈을 씻고 보아도 흥부 손에는 제비 한 마리밖에 없었어요.

"얘들아, 배가 고프지만 우리 좀 더 참아 보자. 그보다 먼저 불쌍한 이 제비를 치료해 주자."

흥부는 실망한 아이들을 달랬어요. 그러자 흥부만큼 착한 아이들도 금세 하나같이 제비 다리를 치료해 주는 일에 골몰했어요. 치료를 마친 뒤 흥부는 제비를 둥지 안에 넣어 주었어요.

어느덧 겨울이 오자 제비는 추위를 피해 따뜻한 남쪽으로 떠났어요. 흥부네 식구들은 처마 밑에 둥지를 튼 제비 가족과 헤어지는 게 무척 섭섭했어요. 제비들도 흥부네 식구들과 헤어지는 것이 아쉬운지 흥부네 지붕 위를 몇 바퀴 빙빙 돌더니 남쪽으로 떠나갔어요.

추운 겨울이 지나고 따뜻한 봄이 왔어요. 남쪽으로 갔던

제비들도 다시 찾아왔어요.

"와아, 제비가 돌아왔다."

흥부와 아이들은 제비를 보고 반가워했어요. 그때 제비한 마리가 흥부 앞에 박씨를 하나 떨어뜨렸어요. 그 제비의 다리에는 지난 해 흥부가 부러진 다리를 칭칭 동여매 준 헝겊이 달려 있었어요.

"작년에 부러진 다리를 치료해 준 제비로구나. 고맙구나."

흥부는 정성스레 박씨를 땅에 심었어요.

어느덧 가을이 되어 흥부네 지붕에는 탐스런 박이 주렁주렁 열렸어요.

"여보, 박이 크고 실하네요. 우리 저것을 따서 박 속으로 맛있는 것을 만들어 먹어요."

홍부는 아내의 말에 지붕에 올라가 크고 둥근 박 하나를 따서 내려왔어요. 그러고는 부인과 마주앉아 박을 탔어요.

"슬금슬금 박을 타세!"

"슬금슬금 박을 타세!"

"영차! 영차!"

"영차! 영차"

두 부부는 서로 주거니 받거니 노래를 부르며 박을 탔어요.

"이제 거의 다 됐어요. 자 마지막으로 한 번만 더 힘을 주어요. 영차!"

펑!

박이 반으로 쩍 갈라졌어요. 그런데 이게 어찌된 일일까요? 박 속에서 쌀이 쏟아져 나오는 것이었어요.

"에구머니나, 박 속에서 쌀이 나오다니!"

아이들은 "와와!" 소리를 지르며 좋아했어요.

이번에는 두 번째 박을 탔어요. 두 번째 박에서는 금은보

화가 쏟아져 나왔어요. 세 번째 박을 타니 힘센 *장정들이
우르르 나와 뚝딱 멋진 기와집을 지었어요.

"에헤라 디야!"

"이제 우리는 부자다!"

흥부네 식구들은 모두 덩실덩실 춤을 추며 기뻐했어요.

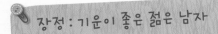
장정 : 기운이 좋은 젊은 남자

흥부가 부자가 되었다는 소문은 순식간에 퍼져 놀부의 귀에도 들어갔어요.

"뭐라고? 흥부가 큰 부자가 되었다고? 아이고, 배야. 배가 아파 죽겠네. 아무래도 그놈이 어디서 도둑질을 한 게 분명해. 내 얼른 가서 알아봐야지."

놀부는 다음 날 일찍 흥부네 집으로 찾아왔어요.

"이놈, 흥부야. 사실대로 말하렷다. 너 분명히 도둑질을 한 것이렷다?"

"도둑질이라뇨? 아닙니다. 형님. 모두 다 제비, 제비 덕분입니다."

흥부는 그동안 있었던 일을 놀부에게 자세히 말해 주었어요.

"뭐라고? 부러진 제비 다리를 고쳐 주었더니 박씨를 물어다 주었다고?"

"예, 형님. 그 박씨를 심어 주렁주렁 열린 박을 탔더니⋯⋯."

"아, 알았다."

놀부는 흥부가 말을 마치기도 전에 자리에서 벌떡 일어나
더니 부리나케 집으로 돌아갔어요.

그리고는 멀쩡한 제비 한 마리를 잡아 다리를 똑 부러뜨
렸어요.

"자, 내가 네 다리를 고쳐 줄 테니 내년 봄 다시 올 때에
는 꼭 박씨를 물고 와야 한다."

놀부는 제비 다리를 헝겊으로 칭칭
동여매고 놓아 주었어요.

다음 해 봄이 되었어요.

따뜻한 남쪽으로 갔던 제비들이 다시 돌아왔어요.

놀부는 반가운 손님이라도 기다리듯 매일 제비가 돌아오기를 기다렸어요. 그리고 어느 날 드디어 발에 헝겊을 매고 있는 제비 한 마리가 날아오더니 놀부 앞에 박씨 하나를 떨어뜨렸어요.

"옳거니, 가져 왔구나, 가져 왔어."

놀부는 신이 나서 박씨를 심었어요.
그리고 마침내 지금까지 본 적이
없는 아주 크고 튼실한 박이
주렁주렁 열렸어요.

놀부는 부인과 함께 박을 탔어요.

"슬금슬금 박을 타세. 금은보화 가득하다네."

"에헤라 디야. 박을 타세."

놀부와 놀부 부인은 노래를 주거니 받거니 하며 쓱쓱싹싹 톱질을 했어요.

그리고 드디어 펑! 소리와 함께 박이 쩍 갈라졌어요.

그런데 이게 웬일일까요? 나오라는 *금은보화는 나오지 않고 박에서 도둑들이 쏟아져 나왔어요. 도둑들은 순식간에 놀부네 재산을 모조리 훔쳐갔어요.

"아이고, 이게 웬일이에요. 영감, 흑흑!"

놀부 부인은 놀라 울음을 터뜨렸어요.

"여보, 다른 박을 타봅시다."

놀부는 부인을 달래고 두 번째 박을 탔어요. 그런데 이번에는 박에서 똥 무더기가 쏟아져 나왔어요.

"아이고, 구린내야. 이 박도 아니네."

놀부와 놀부 부인은 마지막인 세 번째 박을 탔어요.

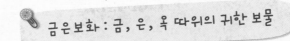
금은보화 : 금, 은, 옥 따위의 귀한 보물

"이 박에서는 금은보화가 나올 거요. 이제 다 됐어. 자 마지막 힘을 주자고."

펑!

드디어 세 번째 박이 갈라졌어요.

"에구머니나, 이게 뭐야. 아이구야!"

글쎄 이번에는 박에서 도깨비들이 쏟아져

나오더니 놀부와 놀부 부인을 사정없이 패는 거였어요.

"아이고, 놀부 살려!"

"아야, 아야, 놀부 부인 살려!"

도깨비들은 놀부네 집까지 모두 부수더니 어디론가 사라졌어요.

이제 놀부와 놀부 부인은 가진 것 하나 없는 거지꼴이 되었어요. 갈 곳이 없어진 놀부는 동생 흥부를 찾아갔어요.

"아이고, 형님, 이게 어떻게 된 일이에요?"

놀부는 그동안 있었던 일을 이야기하였어요.

"흥부야, 내가 모진 짓을 많이 해서 벌을 받았구나. 너에게도 정말 미안하다."

놀부는 그제야 자신의 잘못을 뉘우치고 동생에게 사과를 하였어요.

"형님, 괜찮아요. 이제 우리 집에서 저와 같이 살아요."

흥부는 놀부와 놀부 부인을 따뜻하게 맞아 오래도록 사이좋게 살았답니다.

소금을 만드는 맷돌

『국어 활동 1-2 나』, 9. 상상의 날개를 펴고

옛날, 아주 먼 옛날, 지금처럼 텔레비전도 컴퓨터도 없던 옛날, 어느 나라에 이상한 맷돌이 있었어요.

이 맷돌은 무엇이든 원하는 것을 말하면 척척 만들어 주는 신기한 맷돌이었답니다.

"맷돌아, 맷돌아. 맛있는 떡을 만들어 다오!"

이렇게 말하면 맷돌은 빙글빙글 돌아 김이 모락모락 나는 맛있는 떡을 푸짐하게 만들어 냈어요. 여러분도 이런 맷돌 하나 있으면 정말 좋겠지요?

신통방통한 맷돌의 주인은 다름 아닌 이 나라 임금님이

었답니다. 임금님은 농사가 안 되어 *흉년이 들면 맷돌에게 쌀을 만들어 달라고 했어요. 그 쌀을 온 나라 백성에게 골고루 나누어 배불리 먹게 해 주었지요. 그래서 이 나라 백성들은 굶주린 사람 없이 모두 건강하게 잘살았답니다.

어느 날 임금님은 크게 잔치를 열었어요.

"누구든 와서 마음껏 먹고, 즐기도록 하라."

백성들은 궁궐로 와서 맛있는 음식을 먹으며 임금님에게 고마워했어요. 그런데 잔치에 온 사람들 가운데는 이웃나라에서 온 도둑도 있었어요. 도둑은 임금님이 가지고 있는 신기한 맷돌이 탐이 났어요.

'저 신기한 맷돌을 손에 넣을 수만 있다면 얼마나 좋을까? 맷돌만 있으면 소금을 만들어 팔수 있을 텐데. 그러면 난 큰 부자가 될 수 있을 텐데.'

도둑은 임금님이 한눈을 파는 사이 재빨리 맷돌을 훔쳐 궁궐을 빠져나갔어요.

임금님은 잔치가 끝나고서야 맷돌이 없어진 것을 알았답

흉년 : 농작물이 예년에 비하여 잘되지 아니하여 굶주리게 된 해

니다.

"큰일 났구나. 여봐라, 당장 맷돌을 찾아오도록 하라!"

임금님은 깜짝 놀라 발을 동동 구르며 명령했어요. 병사들은 맷돌을 찾기 위해 마을을 샅샅이 뒤졌어요. 그때 한 백성이 말했어요.

"조금 전 어떤 사람이 맷돌을 가지고 바닷가 쪽으로 가는 것을 보았어요."

병사들은 얼른 바닷가 쪽으로 달려갔어요.

도둑은 맷돌을 가지고 바다 멀리 도망을 칠 생각이었어요. 부둣가로 가고 있던 도둑은 저 멀리서 병사들이 달려오는 것을 보았어요.

"얼른 배를 타고 도망을 가야 해."

부둣가에 다다른 도둑은 빈 배에 올라타고는 재빨리 노를 저어 바다로 나아갔어요.

도둑을 잡으러 숨 가쁘게 달려온 병사들은 눈앞에서 도둑을 놓치고 말았답니다.

"얏호, 뭐든 나오는 신기한 맷돌이 내 손에 있다. 이제 난 부자다! 만세!"

도둑은 신이 나 소리를 질렀어요.

"자, 그럼 어디 맷돌에게 소원을 말해 볼까?"

도둑은 어험, 헛기침을 한 번 한 뒤 맷돌을 보고 말했어요.

"맷돌아, 맷돌아. 빙글빙글 돌아 하얀 소금을 만들어 다오."

도둑의 말이 떨어지자마자 맷돌이 저절로 빙빙 돌기 시작했어요. 그러더니 눈처럼 하얀 소금을 콸콸 쏟아냈어요.

"앗, 짜다. 짜! 진짜 소금이야, 소금!"

긴가민가하여 소금을 찍어 맛을 본 도둑은 덩실덩실 춤을 추었어요. 이제 소금을 내다 팔기만 하면

63

떼돈을 벌 수 있게 되었으니까요.

그런데 큰일 났어요. 맷돌이 계속 소금을 쏟아내 작은 나룻배 가득 소금이 차오르는 거였어요.

"그만! 맷돌아, 그만 멈추어라. 멈춰. 멈추라니까!"

하지만 맷돌은 멈추지 않았어요. 맷돌을 멈추는 방법을 모르는 도둑은 겁이 났어요.

소금이 가득 찬 배가 점점 바닷물에 가라앉고 있었거든요.

"아이구, 사람 살려! 살려 주세요!"

도둑은 눈물을 흘리며 소리쳤지만, 넓은 바다에는 그를 구해 줄 사람이 아무도 없었어요.

배가 가라앉으면서 맷돌도 바다 깊이 가라앉았어요. 맷돌은 바다 깊이 가라앉으면서도 여전히 하얀 소금을 콸콸 쏟아냈어요.

바닷물이 짠 것은 그때 가라앉은 맷돌이 지금도 바다 깊은 곳에서 쉬지 않고 소금을 만들어 내고 있기 때문이랍니다.

송아지와 바꾼 무

『국어 활동 1-2 나』, 9. 상상의 날개를 펴고

 아주 먼 옛날, 호랑이가 담배를 피우던 때, 어느 마을에 부지런하고 마음씨 착한 농부가 살고 있었어요. 농부는 어찌나 부지런한지 새벽녘에 일어나 들에 나가면 해가 져 캄캄해져야 일을 마치고 집에 돌아왔어요.

올해도 열심히 일한 농부는 가을이 되자 많은 곡식을 거두어 들였어요.

"여보, 날씨가 쌀쌀해졌어요. 밭에 심은 배추와 무를 뽑아야겠어요."

농부는 겨울에 먹을 김장용 배추와 무를 뽑기 위해 아내

와 함께 밭으로 나갔어요. 밭에는 속이 꽉 찬 배추와 굵직 굵직한 무가 가득했어요. 두 사람은 부지런히 일을 시작했어요.

그런데 한참 열심히 무를 뽑던 아내가 말했어요.

"아이고, 서방님. 이리 와 나 좀 도와주세요. 이 무가 안 뽑혀요."

아내는 무청을 두 손으로 꼭 쥐고는 힘을 주며 말했어요.

"여보, 내가 할 테니 잠시 쉬구려."

농부는 자신만만하게 무를 잡고 힘을 주었어요. 그런데 이게 웬일일까요? 다른 무는 쑥쑥 뽑혀 나왔는데 이 무는 꿈쩍도 하지 않는 거였어요.

"이상하네? 여보, 와서 좀 잡아 보구려."

농부는 아내를 불러 함께 힘을 주어 보았어요. 그러나 무는 꿈쩍도 하지 않았어요.

"안 되겠군. 이보게 김 서방, 이 무 좀 함께 뽑아 줄 텐가?"

농부는 옆 밭에서 일하는 김 서방에게 도움을 요청했어요.

"자, 하나 둘 셋!"

옆 밭에서 일하던 김 서방과 농부, 아내까지 세 명이 힘
을 합했지만 무는 여전히 뽑히지 않았어요.

"헉헉, 아이고 힘들다. 꿈쩍도 안 하는구먼. 이런, 사람을 더 불러야겠어."

농부는 급히 이웃 사람 몇을 더 불러왔어요. 농부는 마을 사람들과 함께 무를 힘껏 잡아당겼어요.

"영차! 영차! 조금 더! 조금 더!"

농부는 힘차게 외쳤어요. 그러자 땅속에 단단히 박혀 있던 무가 조금씩 흔들흔들, 땅이 들썩들썩하더니 서서히 뽑혀 나왔어요.

"나옵니다, 나와요! 영차! 영차! 으랏차차!"

드디어 무가 쑥 뽑혀 나오면서 무를 잡아당기던 사람들은 뒤로 벌러덩 넘어졌어요.

"아이쿠야!"

넘어진 사람들은 엉덩이에 묻은 흙을 털며 일어났어요. 그러고는 깜짝 놀랐어요.

뽑혀 나온 무가 송아지만 하게 컸거든요.

"세상에, 이게 무란 말이야?"

"이건 보통 무가 아니야."

"자네 아주 귀한 무를 얻었군그래."

큰 무를 보고 놀란 동네 사람들은 모두 한마디씩 했어요. 놀라기는 농부 부부도 마찬가지였어요.

농부는 귀한 무를 어떻게 할까 고민하다 고을 사또에게 바치기로 했어요.

"사또, 이 무는 제가 올해 거두어들인 무입니다. 이렇게 큰 무는 처음이기에 사또께 바치고 싶습니다."

"나 역시 이렇게 큰 무는 처음이네. 이 귀한 것을 나에게 주다니 정말 고맙군. 나도 귀한 것을 받았으니 답례로 무언가를 주고 싶은데……. 이방, 농부에게 무엇을 주면 좋겠는가?"

사또는 옆에 있던 이방에게 물었어요. 그러자 잠시 생각을 하던 이방이 말했어요.

72

"사또, 얼마 전에 들어온 물건 가운데 저 무와 비슷한 크기의 송아지가 있습니다. 그 송아지를 주면 어떨까 합니다."

"그래, 그게 좋겠군. 그럼 어서 농부에게 그 송아지를 주게나."

농부는 기뻤습니다. 송아지를 잘 키워 어른 소가 되면 논밭을 가는 데 쓸 수 있으니까요.

농부가 사또에게 무를 바치고 송아지를 얻었다는 소문은 금세 퍼졌어요. 소문은 이웃 마을에 사는 욕심 많은 농부의 귀에도 들어갔어요.

"뭐라고? 사또에게 무를 바치고 송아지를 얻었다고?"

욕심쟁이 농부는 곰곰 생각했어요.

'한낱 무를 바치고 송아지를 얻었으면, 송아지를 바치면 더 큰 선물을 받을 수 있겠구나.'

농부는 당장 외양간에 매놓은 송아지를 끌고 사또에게 갔어요.

"이번에 어미 소가 아주 건강한 송아지를 낳았습니다. 그래서 사또께 드리려 가지고 왔습니다."

"어허, 이렇게 고마울 데가 있나. 이방, 저 농부에게 무엇으로 답례를 하면 좋겠는가?"

사또는 이번에도 이방에게 물었어요. 그러자 이방이 냉큼 말했어요.

"얼마 전에 들어온 큰 무가 있사옵니다. 귀한 무이니 그것을 저 농부에게 주면 어떨까요?"

"아, 그게 좋겠군. 이방, 어서 저 농부에게 무를 주도록

하게."

　욕심쟁이 농부는 속이 상했어요. 송아지를 바치고 무를
얻게 되었으니까요.

　"이게 뭐람. 귀한 송아지를 한낱 무와 바꾸다니!"

　욕심쟁이 농부는 울상이 되어 그 자리에 털썩 주저앉고
말았답니다.

호랑이와 곶감

『국어 활동 1-2 나』, 9. 상상의 날개를 펴고

옛 날 어느 산속에 호랑이가 살고 있었어요. 호랑이는 밤만 되면 마을로 내려와 허기진 배를 채우곤 했어요.

"슬슬 내려가 볼까? 요즘은 영 입맛이 없단 말이야. 어디 오늘은 토실토실 살찐 돼지나 한 마리 잡아먹어 볼까?"

호랑이는 입맛을 쩝쩝 다시며 어슬렁어슬렁 마을로 내려갔어요.

"옳지, 저 집에 한번 들어가 보자."

호랑이는 사립문이 살짝 열려 있는 어느 초가집 마당으로 들어갔어요.

그때 방안에서 "으앙!" 하고 아기 우는 소리가 들렸어요. 어찌나 크게 우는지 호랑이는 하마터면 간이 떨어질 뻔했어요.

"이크, 깜짝이야."

호랑이는 깜짝 놀라 발걸음을 딱 멈췄어요.

"고 녀석 울음소리 한번 우렁차네. 울음소리가 큰 걸 보니 토실토실하겠는걸? 이 녀석을 잡아먹어야겠구나."

호랑이는 살금살금 방문 앞으로 다가갔어요.

그때 방 안에서 아기 엄마의 목소리가 들렸어요.

"아가, 얼른 뚝 하렴. 지금 밖에 호랑이가 왔어."

아기 엄마의 말에 호랑이는 깜짝 놀랐어요.

"아니, 내가 온 걸 어떻게 알았지?"

호랑이는 자신의 몸이 보이기라도 하는 듯 얼른 납작 엎드렸어요.

방 안의 아기는 호랑이가 왔다는 말에도 울음을 그치지 않았어요. 그러자 아기 엄마가 또 말했어요.

"아가, 지금 밖에 호랑이가 납작 엎드려 있어. 그만 그치지 않으면 호랑이가 어흥! 하고 달려들어 널 잡아먹을 거야!"

호랑이는 이번에도 깜짝 놀랐어요.

"아니, 내가 납작 엎드려 있는 걸 어떻게 알았지?"

호랑이는 목을 움츠리며 더욱더 땅바닥에 몸을 납작 붙였어요.

"그나저나 저 아기는 내가 무섭지도 않나? 내가 와 있다는데도 울음을 그치지 않다니."

호랑이는 기분이 몹시 상했어요.

"나를 보면 숲 속 동물들은 벌벌 떨며 도망가기 바

쁜데, 저 녀석은 나를 무서워하지 않네? 에잇, 자존심 상
해. 당장 잡아먹어야겠어!"

호랑이는 벌떡 일어나 막 방으로 뛰어 들어가려 했어요.
그때 아기 엄마의 말이 들렸어요.

"옛다, 곶감이다, 곶감."

그 말에 시끄럽게 울던 아기가 울음을 뚝 그쳤어요.

"곶감? 곶감이 얼마나 무서운 것이길래 아기가 울음을 뚝
그친 걸까?"

호랑이는 덜컥 겁이 났어요. 호랑이가
왔다는 말에도 울음을 그치지 않던 아기가
곶감이라는 말에 울음을 그쳤으니, 곶감이 무섭기
는 무서운 놈인가 보다 하는 생각이 들은 것이지요.

"안 되겠다. 곶감을 만나기 전에 얼른 도망가야지."

호랑이는 살금살금 뒷걸음질을 쳤어요.

그때 무언가가 털썩 호랑이의 등에 올라탔어요. 호랑
이는 자신의 등에 올라탄 것이 곶감이라고 생각했어요.

"살려 주세요. 제발 살려 주세요. 어흥!"

호랑이는 겁에 질려 소리를 질렀어요.

호랑이 등에 올라탄 것은 곶감이 아니라 도둑이었어요.

담을 넘어 뛰어내린다는 것이 호랑이 등에 내린 것이지요.

호랑이는 산으로 도망을 치면서 계속 소리를 질렀어요.

"이놈의 곶감아, 제발 떨어져. 어흥! 어흥!"

호랑이의 등에 탄 도둑은 도둑대로 겁에 질려 있었어요.

호랑이가 빠르게 달리는 통에 떨어지지 않으려 호랑이 몸을

꼭 껴안고는 호랑이 등에 찰싹 달라붙었어요.

"사람 살려! 사람 살려! 아이고!"

호랑이가 정신없이 산속을 달리다 보니 도둑은 어느 순간 나뭇가지에 걸려 호랑이 등에서 떨어지고 말았어요.

"휴, 이제야 곶감이 떨어졌네. 정말 죽을 뻔했어. 앞으로 다시는 마을에 내려가지 말아야지."

호랑이는 안도의 한숨을 쉬며 산속 깊이 들어갔답니다.

재주꾼 오 형제

『국어 활동 1-2 나』, 9. 상상의 날개를 펴고

아주 오랜 옛날, 금슬이 무척 좋은 부부가 살고 있었어요. 아내는 마음씨가 고왔고, 남편은 자상하고 부지런했지요. 둘은 어찌나 사이가 좋은지 말다툼 한 번 하지 않고 지냈어요. 그런 부부에게도 한 가지 슬픔이 있었어요. 바로 아기가 생기지 않는 것이었어요.

부부는 저녁마다 물을 떠놓고 빌고 또 빌었어요.

"*삼신할머니, 부디 우리 부부에게 아이를 한 명 점지해 주세요."

그렇게 기도를 한 지 천 일이 되는 날 밤 부부는 똑같은

 삼신할머니 : 아기를 점지하는 일과 출산 및 육아를 관장하는 신

꿈을 꾸었어요.

"날이 밝거든 커다란 항아리에 산삼을 넣은 뒤 아내와 남편의 오줌을 받아 넣어라. 그런 뒤 그 항아리를 열 달 동안 땅속에 묻어 두어라."

잠에서 깬 부부의 손에는 신기하게도 산삼이 한 뿌리 쥐여 있었어요.

"여보, 내가 아주 이상한 꿈을 꾸었어요. 꿈에 삼신할머니가……."

아내가 남편에게 꿈 이야기를 하려 하자 남편도 같은 꿈 이야기를 하며 부부의 손에 있는 산삼을 바라보았어요.

부부는 날이 밝자마자 삼신할머니가 시킨 대로 하였어요.

어느덧 세월이 흘러 열 달이 되었어요. 어느 날 땅에 묻어 둔 항아리 안에서 아기 울음소리가 들렸어요.

"응애, 응애. 으으으응~애."

부부는 깜짝 놀라 얼른 항아리를 꺼내 뚜껑을 열어 보았어요. 그랬더니 항아리 속에 웬 사내아기가 힘차게 울고 있었어요.

"여보, 아기예요, 아기!"

부인은 아기를 안아들며 기쁨에 찬 목소리로 외쳤어요.

"허허, 고 녀석. 아주 건강하게 생겼구려."

남편도 기뻐 어쩔 줄을 몰라 했어요.

부부는 아기의 이름을 큰손동이라고 지었어요.

큰손동이는 무럭무럭 잘 자랐어요. 어찌나 힘이 센지 소가 하루 종일 갈아야 할 논밭도 혼자 단숨에 갈았어요.

어느 날 큰손동이가 부부에게 말했어요.

"어머니, 아버지. 저는 세상이 궁금합니다. 집을 떠나 세상 구경을 하고 싶습니다."

큰손동이의 말에 부부는 그렇게 하라고 허락을 했어요.

"큰손동이야, 건강하게 잘 구경하고 돌아오너라."

부부는 길을 떠나는 큰손동이를 배웅하였어요.

집을 떠난 큰손동이가 한참 길을 가고 있을 때였어요. 저 멀리 있는 나무 한 그루가 누웠다 일어났다를 반복하는 것

이 보였어요.

 '무슨 일일까?'

 큰손동이가 나무에 가까이

가 보니 나무 옆에 웬 사내아이가 코를

골며 자고 있었어요.

 "음냐음냐, 드르릉 푸~, 드르렁 푸~!"

 그런데 아이의 콧김이 어찌나 센지 숨을 들이쉬면

나무가 눕고, 내쉬면 나무가 일어섰어요.

 "우와, 대단하다, 대단해."

 큰손동이는 자고 있는 아이를 깨웠어요.

 "얘야, 나는 힘이 센 큰손동이야. 너는

누구니?"

"아함, 잘 잤다. 나는 콧바람이 센 콧김동이야. 나는 지금 세상 구경을 하고 있어."

"그래? 반갑구나. 나도 세상 구경을 하고 있는 중이야. 우리 같이 길을 떠나 볼래?"

"좋아!"

둘은 함께 길을 떠나 한참을 걸어갔어요. 그러던 중 갑자기 두 사람 앞에 쏴아~ 하고 물이 쏟아졌어요.

"이크, 이 물줄기는 대체 뭐지? 근처에 절벽이 있어 폭포

가 쏟아지는 것도 아닌데 말이야."

큰손동이가 놀라 말했어요.

"앗, 저기를 좀 봐."

콧김동이가 가리키는 곳을 보자 그곳에 웬 사내아이가 오줌을 누고 있었어요. 물줄기는 바로 그 아이가 누는 오줌 줄기였어요.

"우와, 대단하다. 오줌을 엄청 많이 누는구나."

큰손동이와 콧김동이는 오줌 누는 아이에게로 달려갔어요.

"나는 큰손동이고, 얘는 콧김동이야. 너는 누구니?"

"나는 오줌을 엄청 많이 누는 오줌동이야. 세상 구경을 하고 있어."

셋은 친구가 되어 함께 길을 떠났어요. 셋이 길을 가는데 이번에는 웬 사내아이가 *옷고름에 배를 묶어 끌고 가고 있었어요.

"얘야, 우리는 큰손동이, 콧김동이, 오줌동이야. 너는 누구니?"

*옷고름 : 저고리나 두루마기 앞에 기다랗게 달아 양쪽 옷자락을 여미어 매는 끈

“나는 큰 배를 끄는 배돌동이야. 세상 구경을 하고 있어.”

“그렇구나. 우리도 세상 구경 중인데 너도 함께 갈래?”

“좋아!”

이렇게 하여 네 아이는 함께 길을 떠났어요. 한참을 신나게 길을 가는데 갑자기 땅이 쿵쿵 울리는 소리가 났어요.

“이게 무슨 소리지?”

네 아이는 소리가 나는 곳으로 재빨리 달려가 보았어요. 가서 보니 웬 사내아이가 무쇠로 만든 신을 신고 걸어가고 있었어요.

“얘야, 우리는 큰손동이, 콧김동이, 오줌동이, 배돌동이야. 너는 누구니?”

“나는 무쇠 신을 신는 무쇠동이야. 세상 구경을 하고 있어.”

“우리도 세상 구경 중이야. 우리와 함께 갈래?”

“좋아!”

다섯 아이들은 의형제를 맺고 함께 세상 구경을 하기로

했어요.

한참 길을 걷던 오 형제는 날이 저물어 어느 마을 외딴 집에서 하룻밤을 자고 가기로 했어요.

외딴 집에는 할머니가 아들들과 살고 있었어요.

"아이구, 아주 씩씩한 아이들이구나. 우리 집에서 편히 쉬어라."

할머니는 오 형제를 반갑게 맞이해 주었어요.

그런데 사실 이 할머니는 호랑이가 사람으로 둔갑한 것이었어요. 호랑이는 오 형제를 잡아먹을 궁리를 했어요. 그래서 내기를 하자고 했어요.

"나와 내기를 해서 지면 내 너희들을 모두 잡아먹어 버리겠다."

오 형제는 겁내지 않고 그러자고 했어요.

오 형제와 호랑이는 동이 틀 때까지 나무 베기 내기를 했어요. 당연히 적게 베는 쪽이 지는 것이지요.

호랑이들은 쉬지 않고 나무를 베어 쌓아 올렸어요. 호랑

이들은 지칠 대로 지쳐 *기진맥진이었어요. 그런데 오 형제들은 나무를 벨 생각은 하지도 않고 잠만 잤어요. 그런 오 형제를 보며 호랑이들은 이긴 시합이라며 속으로 콧노래를 불렀어요.

머지않아 동이 틀 시간이 되었어요. 자고 있던 큰손동이가 부스스 일어나더니 나무들을 뿌리째 뽑아 척척 쌓았어요. 그 높이가 순식간에 호랑이들이 쌓아 놓은 나뭇더미보다 더 높았어요.

나무 베기에 진 호랑이들은 화가 났어요.

"이번에는 둑 쌓기를 하자! 우리가 강 위에서 쌓을 테니 너희들은 강 아래에서 쌓도록 해."

호랑이들이 쌓은 둑을 무너뜨려 넘친 물이 오 형제가 쌓은 둑을 넘으면 호랑이가 이기는 내기였어요.

큰손동이는 재빠르게 둑을 높이 쌓아 이번에도 호랑이들을 이겼어요.

"분하다. 이번에는 우리가 나무를 던질 테니 너희가 받아

기진맥진 : 스스로 몸을 가누지 못할 정도로 기력이나 기운이 다함

서 쌓아 보도록 해."

큰손동이는 호랑이들이 던지는 큰 나무를 척척 받아 높이 쌓아 올렸어요. 호랑이들은 점점 힘이 빠졌어요. 호랑이들은 화가 머리끝까지 치밀어 올랐어요.

"에잇, 안 되겠다."

힘이 다 빠진 호랑이들은 오 형제가 올라가 서 있는 나뭇단 아래에 불을 붙였어요.

"하하하, 그 높은 데서 뛰어내릴 수도 없으니 너희들은 꼼짝 없이 불에 타 죽게 되었구나."

호랑이들은 낄낄거리며 웃었어요.

그때 오줌동이가 불길을 향해 오줌을 누었어요. 그러자 금세 불이 꺼졌어요. 그런데 오줌이 멈추지 않고 계속 나와 강을 이루어 흘렀어요. 호랑이들은 강을 이룬 오줌에 빠져 허우적거렸어요.

베돌동이는 얼른 옷고름에 매달고 다니던 배를 오줌 강물 위에 띄웠어요. 오 형제들이 배에 올라타자 오줌강물에

허우적대던 호랑이들도 배를 타려고 배 쪽으로 헤엄쳐 왔
어요.

"못된 호랑이들이 어딜 오는 거야!"

콧김동이는 재빨리 푸~ 하고 콧김을 불었어요. 그러자
강한 콧김에 오줌강물이 금세 얼어버려 호랑이들은 꼼짝을
할 수 없게 되었어요.

"이번에는 이 무쇠동이님의 실력을 보여 주지."

무쇠동이는 배에서 내려 오줌강물에 꽁꽁 얼어붙은 호랑이들을 무거운 무쇠 신으로 밟아 물리쳤어요.

힘을 모아 호랑이를 물리친 오 형제는 더욱더 정이 두터워졌어요.

"자, 또 어떤 일이 생길까? 떠나 볼까?"

오 형제는 다시 세상 구경을 하기 위해 함께 길을 떠났답니다.

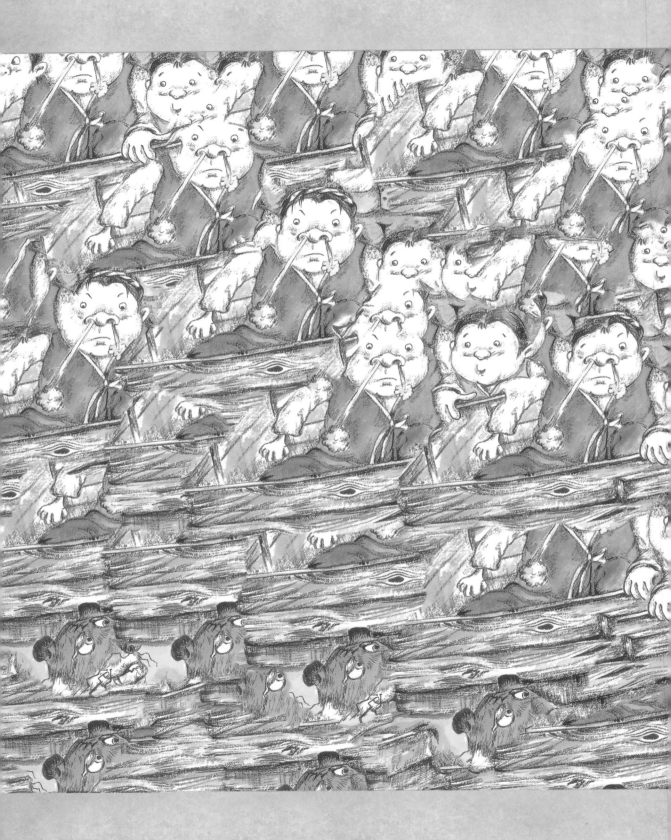

제2장

2학년 교과서 수록
전래 동화

수탉과 돼지

『국어 2-1 가』, 1. 아, 재미있구나

옛날 아주 먼 옛날, 하늘나라에 돼지와 *수탉이 살고 있었어요. 돼지는 수탉을 볼 때마다 자신의 코를 자랑하였어요.

"수탉아, 내 코 예쁘지? 이렇게 예쁜 코는 본 적이 없지? 에헴."

돼지가 잘난 척을 하며 거드름을 피워도 수탉은 상냥하게 말했어요.

"응, 돼지야, 네 코는 정말 예뻐. 난 네 코처럼 예쁜 코는 보지를 못했어.

수탉 : 수컷인 닭

102

"음하하하, 코가 이 정도는 돼야지."

돼지의 잘난 척은 날이 갈수록 심해졌어요.

어느 날, 하늘나라 임금님이 돼지와 수탉을 불러 말했어요.

"너희 둘은 지금 바로 땅 위로 내려가서 사람들을 도와 주도록 해라."

"예, 알겠습니다. 임금님."

수탉과 돼지는 구름을 타고 땅 위로 내려갔어요.

수탉은 곰곰 생각했어요.

'사람들을 어떻게 도와주지? 무슨 일을 해야 도움을 줄 수 있을까?'

수탉은 고민 또 고민을 하였어요. 하지만 돼지는 달랐어요.

'뭐야. 잘생긴 나더러 사람들을 도와주라니! 말도 안 돼.'

돼지는 불만이 이만저만이 아니었어요.

수탉은 부지런히 사람들을 도와줄 일을 찾아 다녔어요. 그러던 중 날이 밝은 줄도 모르고 늦잠을 자는 사람들을 보았어요.

"찾았다. 바로 저거야. 아침마다 날이 밝았다고 알려 주는 일을 하는 거야. 그러면 늦잠 자는 사람들이 없게 될 거야."

수탉은 사람들에게 도움을 줄 수 있는 일을 찾아 무척 기뻤어요.

다음날, 동이 틀 무렵이 되자 수탉은 지붕 꼭대기에 올라가 힘껏 소리를 질렀어요.

"꼬끼오! 꼬끼오!"

사람들은 난데없는 수탉의 울음소리에 놀라 잠에서 깨어났어요.

"아이고, 깜짝이야. 이게 뭔 소리야?"

"어머나, 벌써 날이 밝았네? 오늘은 일찍 밭에 나가 봐야 하는데 늦잠을 자지 않아 다행이야."

수탉 덕분에 잠에서 깨어난 사람들은 부지런히 아침을 맞이하였어요.

하지만 돼지는 아직도 사람들을 도울 일을 찾지 못했어요. 아니 찾을 생각도 하지 않고 늘 쿨쿨 잠만 잤어요.

그렇게 얼마의 시간이 지난 뒤, 하늘나라 임금님이 수탉과 돼지를 하늘나라로 불렀어요.

"수탉아, 너는 사람들에게 아주 큰 도움을 주고 있구나. 기특하도다."

임금님은 이렇게 수탉을 칭찬하고는 머리에 멋진 왕관을 씌워 주었어요.

이어서 하늘나라 임금님은 돼지를 보고 말했어요.

"돼지야, 너는 사람들을 도울 생각은 하지도 않고 쿨쿨 잠만 자더구나. 게으른 녀석이 예쁜 코나 자랑을 하고 있으니 참으로 한심하구나."

임금님은 이렇게 말하더니 돼지의 예쁜 코를 꾹 눌러 납작하게 만들어 버렸어요.

"너에게 예쁜 코는 어울리지 않아. 이제 납작하게 생긴 못생긴 코로 살도록 해라."

돼지는 깜짝 놀라 얼른 자신의 코를 만져 보았어요. 그리고는 울음을 터뜨렸어요.

"아아, 내 코, 내 코를 다시 돌려주세요. 임금님 잘못했어
요. 용서해 주세요. 제발요."

돼지는 눈물을 줄줄 흘리며 용서를 빌었지만 임금님은 들
어 주지 않았어요.

해와 달이 된 오누이

『국어 2-1 나』, 10. 이야기 세상 속으로

옛날 옛날 한 옛날, 어느 깊은 산속에 오누이와 홀어머니가 살고 있었어요.

어머니 혼자 살림을 꾸려가다 보니 살림은 넉넉하지 못했어요.

어머니는 날마다 떡을 해 장에 내다 팔았어요. 오누이는 어머니가 돌아올 때까지 둘이 집을 지키며 어머니를 기다렸어요.

오늘도 어머니는 장에 가 떡을 팔고는 서둘러 집으로 돌아오고 있었어요.

"얼른 집에 가 아이들에게 남은 떡이라도 먹여야지. 하루 종일 아무것도 먹지 못했을 텐데 얼마나 배가 고플까?"

어머니는 잰걸음으로 산 중턱을 넘어갔어요.

그때 어머니 앞에 집채만 한 호랑이가 나타났어요.

"떡 하나 주면 안 잡아먹지. 어흥!"

어머니는 깜짝 놀라 얼른 호랑이에게 떡을 하나 주고는 도망을 쳤어요.

그런데 이게 웬일일까요? 호랑이는 다시 어머니 앞에 달려와 떡 버티고 말했어요.

"떡 하나 주면 안 잡아먹지. 어흥!"

어머니는 또 얼른 떡을 주고는 도망을 쳤어요. 그러나 호랑이는 다시 어머니 앞에 달려와 말했어요.

"떡 하나 주면 안 잡아먹지. 어흥!"

"이제 떡이 없어. 제발 목숨만 살려 줘. 우리 아이들이 기다리고 있으니 나를 좀 보내 줘."

어머니가 눈물을 흘리며 사정을 했지만, 호랑이는 어머니를 잡아먹었어요. 그러고는 어머니의 옷을 입고 오누이네 집을 찾아갔어요.

방문 앞에 선 호랑이는 큼큼 목소리를 가다듬고 어머니인 것처럼 목소리를 꾸며 말했어요.

"애들아, 엄마가 왔다. 방문 좀 열어 보렴."

엄마라는 말에 여동생은 얼른 방문 앞으로 달려가 문을 열려고 했어요.

"잠깐만, 이상해. 엄마 목소리가 아니야."

오빠는 엄마 목소리가 아니라며 여동생에게 방문을 열지 못하게 했어요.

"날이 추워서 그래. 엄마 맞아."

114

호랑이는 더욱더 목소리를 가다듬어 말했어요.

"우리 엄마인지 손을 좀 보여 주세요."

오누이의 말에 호랑이는 문틈으로 손을 들이밀었어요.

오누이는 털이 북슬북슬 난 손을 보고는 깜짝 놀랐어요. 그래서 문틈으로 밖을 내다보니 어머니의 옷을 입은 호랑이가 서 있었어요.

"앗, 엄마가 아니야. 얼른 도망가자."

오빠는 여동생의 손을 잡고 뒷문으로 도망을 쳤어요. 집 뒤에는 마침 커다란 나무가 한 그루 있었어요. 오누이는 급히 그 나무 위로 올라갔어요.

호랑이는 방 안에서 아무 소리가 없자 방문을 부수고 방으로 들어왔어요.

"이런, 앙큼한 것들. 벌써 도망을 쳤군. 어흥!"

호랑이는 뒷문으로 나와 오누이가 올라가 있는 나무 아래로 달려왔어요.

"어흥, 애들아, 그렇게 높은 나무에 어떻게 올라갔니?"

호랑이는 착한 목소리로 물었어요.

"부엌에 있는 참기름을 나무에 바르고 올라왔지!"

오빠의 말에 호랑이는 부엌에 가서 참기름을 가져와 나무에 발랐어요. 그러고는 나무를 붙잡고 올라가려 했어요. 하지만 미끄러워 올라갈 수가 없었어요. 다시 한 번 힘껏 나무를 잡고 올라가던 호랑이는 주르륵 미끄러져 엉덩방아를 찧었어요.

그 모습을 본 여동생이 깔깔 웃으며 말했어요.

"하하하, 넌 참 바보구나. 도끼로 나무를 찍으면 발 디딜 곳이 생기니 쉽게 올라올 수 있을 텐데."

호랑이는 얼른 도끼를 가져와 나무를 찍어 발 디딜 곳을 만들며 올라왔어요.

"이런, 큰일 났네. 호랑이가 거의 다 올라왔어. 하느님, 제발 저희를 구해 주세요."

오누이는 간절히 하늘을 향해 빌었어요.

그러자 하늘에서 동아줄 한 개가 내려왔어요.

오누이는 그 동아줄을 붙잡고 하늘로 올라갔어요.

"하느님, 저에게도 *동아줄을 내려 주세요."

호랑이도 하늘을 향해 빌었어요. 그러자 호랑이에

게도 동아줄이 하나 내려왔어요. 호랑이는 동아줄을

잡고 오누이를 따라 하늘로 올라갔어요.

"조금만 더, 조금만 더……."

호랑이가 막 오누이를 잡으려는 순간이었어요.

🔖 동아줄 : 굵고 튼튼하게 꼰 줄

뚝!

호랑이가 잡고 올라가던 동아줄이 그만 끊어져 버렸어요.
호랑이에게 내려온 동아줄은 가운데가 썩은 동아줄이었어
요. 호랑이는 땅으로 떨어져 죽고 말았어요.

무사히 하늘로 올라간 오누이는 어머니를 만났어요. 그리
고 오빠는 밤을 환하게 밝히는 달님이 되었고, 여동생은 낮
을 환하게 밝히는 해님이 되었답니다.

토끼와 자라

『국어 2-1 나』, 10. 이야기 세상 속으로

옛날 깊은 바다에 *용왕이 살고 있었어요. 용왕은 번쩍이는 용궁에서 여러 물고기들의 보필을 받으며 아무 걱정 없이 살고 있었답니다. 그런데 어느 날 그만 이름 모를 병에 걸리고 말았어요.

용왕은 신하들을 불러 간신히 말했어요.

"여봐라, 내 병을 고치는 자에게는 큰 상을 내리도록 하겠다. 어서 온 바다 백성에게 알리도록 하여라."

이 소문을 듣고 온 바다 백성들이 앞 다투어 용궁으로 몰려왔지만, 그 누구도 용왕의 병을 고치지 못하였어요.

용왕: 바닷속의 용궁을 지배하고 다스린다는 임금

그러던 어느 날, 죽 몇 술로 점심을 때운 용왕은 까무룩 잠이 들었어요. 잠든 용왕의 꿈속에 검은색 옷, 빨간색 옷, 파란색 옷을 입은 세 명의 도인이 나타났어요.

그중 검은색 옷을 입은 도인이 말했어요.

"용왕의 병은 술 때문에 생긴 병입니다."

그러자 이번에는 빨간색 옷을 입은 도인이 말했어요.

"바다에서 나는 약으로는 고칠 수 없는 병입니다."

이 말에 용왕은 시무룩한 목소리로 말했어요.

"그럼, 나는 이대로 죽어야 한단 말이오?"

"아닙니다. 방법이 있습니다. 육지에 사는 토끼의 간을 먹으면 고칠 수 있습니다."

파란색 옷을 입은 도인이 말했어요.

잠에서 깬 용왕은 재빨리 신하들에게 말했어요.

"토끼의 간이로다, 토끼의 간만 먹으면 내 병을 고칠 수 있다. 어서 육지로 나가 토끼의 간을 구해 오도록 하라."

용왕의 말을 들은 신하들은 모두들 고개를 떨어뜨리고

서로 눈치만 보았어요. 사실 누구도 육지에 가본 적이 없기 때문이었어요.

"뭣들 하는 것이냐? 어서 토끼의 간을 구해 와라!"

용왕은 화가 나 소리를 질렀어요.

"안 되겠군. 똑똑한 불가사리 대신이 육지에 갔다 오시오."

용왕의 말에 불가사리는 몸둘 바를 몰라 하며 말했어요.

"용왕님, 저는 눈이 어두워 육지에 갔다 다시 바다로 돌아오지 못할 것입니다."

"이런, 괘씸한지고. 정녕 나를 위해 토끼의 간을 구해 올 신하가 없단 말인가?"

용왕은 화가 나 말했어요.

그때 저 먼 곳에서 누군가의 목소리가 들렸어요.

"용왕님, 제가 다녀오겠습니다."

목소리의 주인공은 문지기 자라였어요.

"뭐? 네가 다녀오겠다고?"

용왕은
볼품없는 자라를 보고는 실망을
했어요. 하지만 육지에 다녀오겠다는
신하가 없으니 못 미덥지만 자라를 보내기로 했어요.
"할 수 없지. 자라를 장군으로 임명한다. 어서 육지로 가
토끼의 간을 구해 오도록 하라."

자라는 용왕에게 큰절을 하고 용궁을 떠났어요.

사실 자라는 지금까지 한 번도 토끼를 본 적이 없어요. 그러니 토끼가 어떻게 생긴지 몰랐어요. 육지로 올라온 자라는 만나는 동물마다에게 물었어요.

"저, 네가 토끼냐?"

"아니, 난 닭이야. 토끼는 네 발로 깡충깡충 뛰어다니잖아."

"아, 그렇구나."

자라는 다시 길을 갔어요.

"이봐, 네가 토끼냐?"

"뭐라고, 난 소야. 토끼는 나보다 훨씬 작고 꼬리도 짧아. 뿔도 없고."

자라는 알았다는 듯이 고개를 끄덕이곤 다시 길을 갔어요.

이번에는 웅크리고 있는 고양이를 보고 말했어요.

"네가 토끼냐?"

"아니야. 토끼는 눈이 빨갛고 귀가 길어."

자라는 이번에도 고개를 끄덕이곤 다시 길을 갔어요. 한참을 기어가고 있는데 귀가 길고 눈이 빨갛고 꼬리가 짧은 동물이 깡충깡충 뛰어오는 게 보였어요.

"옳지, 바로 토끼로구나."

자라는 토끼에게 다가가 말했어요.

"나는 용궁에서 온 자라 장군이다. 너 용궁 한번 구경해 보지 않을래?"

자라의 말에 토끼가 고개를 갸웃하며 말했어요.

"용궁? 용궁이 어디인데?"

"깊은 바다 속이야. 아주 멋진 곳이지. 그곳에 가면 육지에서는 보지 못한 신기한 것이 많단다."

자라는 용왕님의 약으로 쓸 토끼의 간이 필요하다는 말을 할 수 없었어요. 그래서 듣기 좋은 말로 토끼를 꾀었어요.

자라의 말에 토끼는 바다 속이 어떤 곳인지 호기심이 생겼어요.

"그래? 그럼 한번 가볼까?"

자라는 얼른 토끼에게 등을 보이며 말했어요.

"자, 내 등에 올라 타거라."

자라는 토끼를 등에 태우고 용궁으로 갔어요. 토끼는 처음 보는 바다 풍경에 넋을 잃고 말았어요.

"우와, 물속에도 풀이 있네? 정말 아름답다."

"으응, 그건 해초라고 해."

자라는 친절하게 설명을 해 주었어요.

어느덧 자라는 용궁에 도착했어요. 온 바다 백성들이 토끼를 보기 위해 용궁으로 몰려들었어요.

용왕은 토끼를 데려온 자라 장군을 위해 큰 잔치를 열었어요. 토끼는 흥겨운 잔치에 덩달아 신이 났어요. 한창 잔치가 무르익을 무렵 용왕이 큰 소리로 말했어요.

"어서 토끼의 배를 갈라 간을 꺼내도록 하라!"

토끼는 화들짝 놀라 소리쳤어요.

"예? 가, 간을 꺼내다니요? 그게 무슨 말씀입니까?"

자라가 토끼에게 말했어요.

"우리 용왕님이 병이 났는데, 네 간을 먹어야 고칠 수 있다고 한다. 그래서 너를 여기 용궁에 데려온 것이다."

자라의 말을 들은 토끼는 등에 식은땀이 죽 흘렀어요. 그렇다고 이대로 죽을 수는 없었어요. 그래서 한 가지 꾀를 냈어요.

"아이고, 이런 안타깝게 되었습니다. 저는 자라에게 아무 소리도 듣지 못해서 간을 육지에 두고 왔습니다. 제 간이 필요하다고 했으면 가지고 왔을 텐데 이를 어쩌지요?"

"뭐라고? 간을 육지에 두고 왔다고? 그게 말이 되느냐?"

용왕과 신하들은 모두 깜짝 놀랐어요.

"육지 동물들은 간을 배 속에 넣었다가 꺼냈다가 한답니다. 특별한 날이 아니면 간을 배 속에서 꺼내 집에 놓고 다닌답니다."

토끼의 말에 용왕은 불가사리에게 물었어요.

"똑똑한 불가사리 대신, 토끼의 말이 사실인가?"

불가사리는 자라가 토끼를 데려온 것이 샘이 났어요. 그
래서 거짓말을 했어요.

"육지 동물들은 그러하옵니다."

불가사리의 말에 용왕은 한숨을 내쉬었어요.

　　　"이런, 쯧쯧! 간도 없는 토끼를 데려

　　　왔으니 이일을 어찌할꼬?"

그러자 토끼가 얼른 말했어요.

"용왕님, 걱정 마세요. 저를 다시 육지로 보내 주시면 얼른 집에 가서 제 간을 가져오겠습니다."

토끼의 말에 용왕은 그럼 되겠구나 싶어 자라에게 명령했어요.

"자라 장군, 어서 토끼와 함께 육지로 떠나시오. 가서 꼭 간을 가지고 오시오."

자라는 다시 토끼를 등에 태우고 바다를 헤엄쳐 육지로 갔어요.

"토끼야, 육지에 다 왔다. 어서 집에 가 간을 가져 와라."

그러자 토끼가 흥, 하고 코웃음을 치며 말했어요.

"간을 꺼내 놓고 다니는 동물이 어디 있냐? 휴, 이제야 살았네."

토끼는 이 말을 남기고는 깡충깡충 숲으로 도망쳤어요.

"아이고, 토끼에게 속았구나."

자라는 토끼가 사라진 숲을 보며 눈물을 흘렸어요.

한편 용궁에서는 회의가 한창이었어요.

아무리 기다려도 자라와 토끼가 돌아오지 않자 불가사리가 자신이 토끼의 간을 구해 오겠다고 했어요. 다른 대신들은 자라가 올 때까지 기다려야 한다고 했지만, 용왕은 자신의 병이 점점 깊어지니 더 이상 기다리고만 있을 수 없다고 했어요.

불가사리가 육지로 떠난 날 밤, 용왕은 꿈을 꾸었어요. 꿈속에 지난번에 나타났던 세 명의 도인이 다시 나타났어요.

용왕은 도인들에게 말했어요.

"내 병을 고치는 약은 토끼의 간이라고 했는데, 우리 자라 장군이 토끼를 데려오긴 했는데 간을 꺼내 놓은 토끼를 데려왔었습니다. 그래서 토끼의 간을 가지러 다시 육지로 갔는데 아직 돌아오지 않았습니다."

그러자 검은색 옷을 입은 도인이 말했어요.

"말도 안 되는 소리. 간을 꺼내 놓고 다니는 토끼는 없소."

용왕은 그제야 토끼의 꾀에 넘어간 것을 알았어요.

"그런데 왜 아직도 자라 장군은 돌아오지 않는 걸까요?"
이번에는 빨간색 옷을 입은 도인이 말했어요.

"자라는 토끼가 도망간 뒤에 용궁으로 돌아오지 않고 죽었다오."

용왕은 자라가 죽었다는 말에 눈물을 흘렸어요.

"병을 고치겠다는 내 욕심으로 충성스런 신하를 잃었구나."

잠에서 깬 용왕은 자신을 위해 죽은 자라 장군을 생각하며, 자신의 목숨이 중요한 만큼 남의 목숨도 중요하다는 것을 깨달았어요. 그리고 자신만 살려고 버둥거리는 용왕이 아니라 남도 살피는 용왕이 되어야겠다고 생각했어요.

용왕은 자라 가족에게 큰 상을 내렸어요. 그리고 용궁의 보물 창고에 쌓여 있는 진귀한 금은보화도 모두 풀어 백성들에게 골고루 나누어 주었어요. 그러고는 얼마 뒤 세상을 떠났어요. 바다 속 백성들은 하나같이 용왕의 죽음을 슬퍼했어요.

참, 토끼를 잡으러 육지로 간 불가사리는 어떻게 되었냐
고요? 토끼를 만나기는커녕 해변에 닿자마자 뜨거운 햇볕
에 말라죽고 말았답니다.

야들야들 다 익었을까?

『국어 2-2 가』, 3. 마음을 담아서

옛날 어느 마을에 욕심쟁이 *양반이 있었어요. 매일 방안에 틀어박혀 책을 읽던 양반은 머슴 돌쇠와 함께 시원한 바람도 쐴 겸 숲으로 꿩 사냥을 나갔어요.

"돌쇠야, 내 오늘은 꼭 꿩 한 마리를 잡아 보일 테니 두고 보아라."

"예, 예. 기대하겠습니다. 대감마님."

두 사람은 꿩을 찾아 이 산 저 산 헤매 다녔습니다. 그러다 날이 저물 무렵 간신히 꿩 한 마리를 잡았습니다.

"얏호, 잡았다, 잡았어. 이것 보아라. 아주 튼실한 놈이다."

양반: 신분이 높은 상류 계급에 속한 사람

"대단하십니다. 대감마님."

양반과 돌쇠는 좋아 어쩔 줄 몰라 했습니다.

"얘, 돌쇠야. 배도 출출하고 하니 꿩을 구워 먹고 산을 내려가자."

"예, 그렇게 하세요. 그럼 불을 피워 꿩을 굽겠습니다. 아이고, 배고파."

신이 난 돌쇠는 나뭇가지를 주워 불을 지피고 꿩을 구웠어요.

"타닥, 타타닥, 치직, 치지직!"

솔솔~ 꿩이 구워지는 냄새가 구수하게 퍼지기 시작했어요. 그러자 양반은 꿩고기를 혼자 먹고 싶은 욕심이 생겼어요.

'으흠, 꿩고기를 나 혼자 먹을 수 있는 방법이 뭘까? 옳지, 바로 그거야.'

양반은 한 가지 꾀를 내어 돌쇠에게 말했어요.

"돌쇠야, '까'로 끝나는 세 줄짜리 시를 먼저 짓는 사람이 꿩 고기를 다 먹기로 하자."

"예, 대감마님. 그렇게 하세요."

욕심 많은 양반은 돌쇠가 시 같은 것은 절대 지을 줄 모를 거라는 생각에 회심의 미소를 지었어요. 그때 잘 익어가는 꿩 고기를 바라보던 돌쇠가 말했어요.

"야들야들 다 익었을까?

쫄깃쫄깃 맛이 있을까?

냠냠 한번 먹어 볼까?"

그러더니 꿩 다리를 하나 뚝 떼어 한 입 베어 물었어요.

그 모습을 본 양반이 벌컥 화를 냈어요.

"이놈 돌쇠야, 시를 짓고 먹어야 한다 하지 않았느냐?"

그러자 돌쇠가 이상하다는 듯이 말했어요.

"대감마님, 방금 '까'로 끝나는 시를 지어 말씀드렸잖습니까?"

돌쇠의 말에 양반은 뭐라 할 말이 없었어요.

"그, 그게…… 말이다. 그러니까……."

양반은 뭐라 대꾸를 못하고 쩔쩔맸어요. 사실 방안에 콕
박혀 날마다 책을 읽는 자신보다 글 한 자 모르는 돌쇠가
더 빨리 시를 지을 거라고는 생각지도 못했거든요.

'나에게 유리한 내기일 거라고 생각했는데 이거야 원.'

양반은 입맛만 쩝쩝 다시며 하늘을 바라보았어요. 그러자
돌쇠가 양반에게 꿩 고기를 건네며 말했어요.

"고기를 드시지 않으면 기운이 없지 않겠습니까?

기운이 없으면 넘어지시지 않겠습니까?

넘어지시면 *소인이 업고 가야 하지 않겠습니까?"

아하, 돌쇠는 이번에도 '까'로 끝나는 세 줄 시를 멋들어지게 지었습니다.

"껄껄껄, 돌쇠야, 네가 아주 시를 잘 지었구나. 아주 잘 지었어."

양반은 호탕하게 웃으며 속 좁았던 자신을 부끄러워했어요.

소인 : 예전에, 신분이 낮은 사람이 신분이 높은 사람을 대하여 자기를 낮추어 가리키던 말

143

백두산 장생초

『국어 2-2 가』, 5. 이야기를 꾸며요

옛 날 아주 옛날, 백두산 아래 작은 마을에 어머니와 아들이 살고 있었어요.

집은 쓰러져 가는 초가집이었지만, 아들은 어머니에게 효심이 지극했고 어머니는 아들에게 헌신적이었어요.

"어머니, 오늘은 그만 쉬세요. 제가 나가 밭을 맬게요."

"아니다, 네가 좀 쉬어라. 난 괜찮다."

아들은 어머니를 위하고, 어머니는 아들을 위하며 가난하지만 행복하게 살았답니다.

그러던 어느 날, 어머니가 병에 걸려 자리에 눕고 말았어요.

"어머니, 어디가 어떻게 아프신가요? 어머니, 정신 좀 차려 보세요."

아들은 어머니의 병이 걱정이 되어 의원에게 달려갔어요.

"의원님, 제 어머니 좀 살려 주세요. 제발 부탁드립니다."

아들은 울며 의원에게 *애원을 하였어요. 그러자 의원이 눈을 지그시 감고 말했어요.

"자네 어머니의 병은 쉽게 나을 병이 아니네."

"뭐라고요? 그게 무슨 말씀이세요."

"하지만 병을 고칠 방법이 아주 없는 것은 아니네."

의원의 말에 아들은 눈을 크게 뜨고 물었어요.

"그, 그 방법이 무엇인가요? 네? 어서 말씀을 해 주세요."

의원은 아들의 재촉에 마지못해 입을 열었어요.

"백두산 깊은 골짜기에 장생초라는 약초가 있네. 그 약초를 달여 드리면 나을 수 있네. 하지만 백두산은 높고 험한 산이어서 사람이 함부로 들어갈 수 없는 산이라네."

"백두산 장생초라고요? 가겠습니다. 제가 가서 구해 오겠

애원 : 애처롭게 사정하며 간절히 바람

습니다."

아들은 당장 백두산을 오를 채비를 하고 집을 나섰어요.

의원의 말대로 백두산은 무척 험했어요. 우거진 풀과 나무에 발이 걸려 넘어지고, 돌부리에 발이 채여 넘어지기를 수십 번하였어요. 그래도 어머니의 병을 낫게 할 장생초를 구해야 한다는 생각에 아들은 잠시도 쉬지 않았어요.

한참 산을 오르는데 아들 앞에 머리가 하얀 할머니가 나타나 말했어요.

"젊은이, 백두산은 어쩐 일로 오르슈?"

"할머니, 저는 어머니 병을 고칠 장생초를 구하려고 왔어요."

아들은 공손히 대답을 하였어요.

"장생초? 백두산에서 오래 살았지만 그런 약초는 처음 듣는구려. 그보다 내가 백두산 꼭대기에 씨앗을 뿌리러 가는 길인데, 길이 험해 올라가기 힘이 드는구려. 나대신 이 씨앗 좀 백두산 꼭대기에 뿌려 주겠나?"

아들은 할머니가 마치 집에 누워 계신 어머니 같은 생각이 들었어요. 그래서 할머니의 부탁을 뿌리칠 수 없었어요.

"예, 저에게 주세요. 제가 뿌려 드릴게요."

할머니와 헤어진 아들은 계속 산을 올라갔어요. 올라가면서 아무리 둘러보아도 장생초는 보이지 않았어요.

"큰일이야. 점점 꼭대기에 가까워지는데 아직도 장생초를 찾지 못했어."

아들은 걱정이 되었어요. 그러다 마침내 백두산 꼭대기에 다다랐어요.

"휴, 여기가 백두산 꼭대기구나. 그런데 아직도 장생초를 구하지 못했으니 이를 어쩐다? 참, 아까 할머니가 백두산 꼭대기에 뿌려 달라고 하신 씨앗이 있지!"

아들은 할머니가 부탁했던 씨앗을 꺼내 땅에 뿌렸어요. 그런데 곧 이상한 일이 벌어졌어요. 씨앗을 뿌리자마자 땅에서 싹이 돋아나더니 쑥쑥 자라나는 것이었어요.

"헉, 이게 어떻게 된 일이지? 참으로 신기한 일이야."

아들은 놀라움에 자라나는 싹들을 바라보았어요. 싹은 점점 자라더니 신비한 향기를 풍겼어요. 그때 하늘에서 할머니의 목소리가 들렸어요.

"젊은이, 이것을 가져가 어머니에게 달여 드리도록 하게. 그러면 어머니의 병이 나을 것이야."

"감사합니다, 감사합니다!"

아들은 할머니의 목소리가 들리는 하늘에 대고 넙죽 절을 한 후 한달음에 백두산을 내려왔어요.

집에 돌아온 아들은 백두산 꼭대기에서 가져온 풀을 정성스레 다려 어머니에게 드렸어요. 그러자 어머니의 병은 씻은 듯이 나았어요. 아들이 가져온 풀이 바로 장생초였던 거예요.

박박 바가지

『국어 2-2 나』, 7. 재미있는 말

옛날 어느 마을에 할머니와 할아버지가 살았어요. 할머니와 할아버지는 밤에 잠을 자다 밖에 나가는 일을 제일 싫어했어요.

어느 날, 일찍 잠자리에 든 할머니와 할아버지가 곤히 잠을 자고 있는데 집에 도둑이 들었어요.

도둑은 훌쩍 담을 넘더니 살금살금 마당을 지나 마루 위로 기어올라 왔어요. 그 순간 나무를 깐 마루가 낡아서 삐거덕삐거덕 소리가 났어요.

'이크, 깜짝이야.'

154

도둑은 마룻장 소리에 소스라치게 놀랐어요.

방 안에서 쿨쿨 잠을 자던 할머니가 삐거덕 소리에 잠에서 깨어났어요. 그러고는 옆에서 자고 있는 할아버지를 깨웠어요.

"영감, 밖에서 무슨 소리가 났어요. 혹시 도둑이 든 것 아닐까요?"

마루를 기어가던 도둑은 그만 가슴이 철렁해서 얼른 마룻바닥에 납작 엎드렸어요. 그때 할아버지의 목소리가 들렸어요.

"할멈, 도둑은 무슨 도둑이 들었다고 그래. 마루 밑에서 쥐들이 찍찍 대는 소리겠지."

할아버지는 대수롭지 않게 말했어요. 그러자 할머니는 미심쩍은 듯이 대답했어요.

"쥐 소리가 아니었는데……."

방 안에서 할머니와 할아버지가 하는 말을 들은 도둑은 할머니와 할아버지가 마음을 놓으라고 얼른 쥐 소리를 냈

어요.

"찍찍, 찍, 찍찍."

이 소리를 들은 할아버지가 할머니에게 말했어요.

"저것 보구려. 쥐 소리가 맞잖소."

그런데 할머니는 또 미심쩍다는 표정을 지으며 말했어요.

"쥐 소리 치고는 너무 크지 않아요? 이상한데……."

"에이, 할멈도. 그럼 고양이 소리인가 보지."

"고양이 소리는 아니었잖수. 영감, 그러지 말고 어서 한번 나가 보시구려."

할머니는 자꾸만 할아버지를 채근하였어요.

할아버지가 나오면 들키게 생긴 도둑은 마음이 급했어요. 그래서 얼른 "야옹~, 야옹~." 하고 고양이 소리를 냈어요.

"저것 보구려. 고양이 소리가 맞잖소. 이제 어서 잡시다."

하지만 할머니는 이번에도 속지 않았어요.

"아니에요. 고양이 소리치고는 너무 굵어요."

"고양이 소리치고 굵다면 개 짖는 소리겠지"

할아버지의 말에 도둑은 얼른 "멍, 멍멍." 하고 개 짖는 소리를 냈어요.

"저것 보구려. 개 짖는 소리가 맞구먼."

할아버지는 다시 눈을 감고 잠을 자려 했어요. 그러자 할머니가 짜증이 묻은 소리로 말했어요.

"아니, 영감. 내가 개 짖는 소리도 모르겠어요?"

"에이, 그럼 송아지 소린인 게지."

할아버지의 말에 도둑은 얼른 "음매~, 음매~." 송아지 소리를 냈어요.

"맞구먼, 맞아. 송아지 소리가 맞아."

"아니에요. 내가 송아지 소리도 모르겠어요?"

"어허, 그럼 코끼리 소리인 게지."

할아버지의 말에 도둑은 순간 움찔했어요. 코끼리 소리를 내야 할 텐데 한 번도 코끼리 소리를 들어 본 적이 없거든요.

'코끼리는 어떻게 울지? 어허, 이거 큰일이군. 이러다 들키

겠는걸? 에라, 모르겠다.'

도둑은 마음이 급한 나머지 얼른 코끼리 소리를 지어냈
어요.

"코, 끼리끼리, 코, 끼리끼리."

그러자 할머니 할아버지는 깜짝 놀랐어요.

"에구머니? 이게 무슨 소린고? 생전 처음 듣는 소리네?
영감, 저 소리가 코끼리 소리유?"

"글쎄, 나도 코끼리 소리를 들어 본 적이 없어서……. 뭐,
코, 하고 끼리끼리 하는 걸 보니 코끼리 소리가 맞나 보구려."

그러자 할머니가 벌떡 일어나 앉으며 할아버지에게 핀잔을 주었어요.

"아이, 영감. 우리 동네에 무슨 코끼리가 있어요? 그러지 말고 어서 좀 나가 보시구려."

할머니의 등쌀에 할아버지는 부스스 자리에서 일어났어요.

"아이고, 할멈. 귀찮아 죽겠구먼."

할아버지는 천천히 자리에서 일어나 방문을 열고 마루로 나갔어요. 순간 도둑은 깜짝 놀라 얼른 부엌으로 몸을 피했어요. 그런데 부엌에 들어가 보니 마땅히 숨을 데가 없었어요.

우왕좌왕하던 도둑은 부엌 구석에 커다란 물 항아리가 있는 것을 보았어요.

'옳지! 저곳에 들어가 숨자.'

도둑은 물 항아리에 들어가 쭈그려 앉았어요.

'휴, 다행이다. 어라? 그런데 얼굴을 물속에 넣을 수 없으니, 이를 어쩐다?'

눈을 멀뚱멀뚱 뜨고 고민을 하는 순간 물 위에 둥둥 떠 있는 바가지가 눈에 띄었어요.

'그렇지!'

도둑은 바가지를 집어 얼른 머리에 뒤집어썼어요.

한편 마루로 나온 할아버지는 어두컴컴한 마루와 마당을 구석구석 둘러보았어요. 아무것도 눈에 띄는 것이 없었어요. 그래서 이번에는 부엌으로 들어갔어요. 역시 별다른 것이 보이지 않았어요. 다만 구석에 놓여 있는 커다란 물 항아리에 둥근 바가지가 엎어져 있었어요.

할아버지는 바가지를 톡톡 두드리며 말했어요.

"이건 뭘까? 바가지 같기도 하고, 아닌 것 같기도 하고?"

그러자 도둑은 가슴이 철렁해서 얼른 이렇게 말을 했어요.

"박박, 바가지, 박박 바가지."

그러자 할아버지는 고개를 끄덕이며 말했어요.

"으음, 바가지가 맞구먼. 하~암."

할아버지는 길게 하품을 하더니 방으로 들어갔어요.

황소가 된 돌쇠

『국어 2-2 나』, 9. 인형극은 재미있어요

옛날, 아주 먼 옛날의 일이에요. 어느 산골 마을에 돌쇠가 살았어요. 돌쇠는 어찌나 게으른지 하루 종일 먹고 자기만 했어요. 바쁜 농사철에 부모님이 아무리 힘들게 일을 해도 거들 생각은 조금도 하지 않고 쿨쿨 잠만 잤지요.

어느 날, 어머니가 돌쇠에게 말했어요.

"돌쇠야, 그만 자고, 소 꼴 좀 먹이고 오너라."

"귀찮아요. 더 잘래요."

돌쇠는 이불을 머리끝까지 뒤집어쓰고는 일어날 생각을 하지 않았어요. 화가 머리끝까지 난 어머니가 이불을 확 걷

어내며 소리쳤어요.

"이 녀석아, 대체 넌 뭐가 되려고 잠만 자느냐? 냉큼 일어나지 못해?"

돌쇠는 어머니의 성화에 간신히 일어나 머리를 긁적였어요.

"에이, 귀찮아. 난 아무것도 하기 싫단 말이에요. 먹고 노는 게 제일 좋단 말이에요."

돌쇠는 이렇게 투덜거리며 소를 끌고 들로 나갔어요.

한참을 걷던 돌쇠는 풀숲을 만났어요.

"넌 여기서 실컷 풀을 뜯어먹어라. 난 좀 쉬어야겠어."

돌쇠는 나무 그늘에 앉아 풀을 뜯고 있는 소를 바라보았어요.

"넌 참 좋겠다. 일도 하지 않고 풀이나 뜯고 있고…… 나도 너처럼 소였으면 얼마나 좋을까."

그때 지나가던 웬 할아버지가 돌쇠의 말을 듣더니 이렇게 물었어요.

"얘야, 너 소가 되고 싶으냐?"

"예, 할아버지. 저도 소가 되고 싶어요. 그러면 일하라는 어머니의 잔소리도 듣지 않고 얼마나 좋겠어요."

이렇게 말하던 돌쇠는 할아버지의 손에 든 물건을 보고 물었어요.

"할아버지, 그런데 손에 있는 그것은 뭐예요?"

"이것 말이냐? 이건 네가 그토록 되고 싶어 하는 소의 탈이란다."

"그래요? 한번 봐도 돼요?"

"그래, 한번 보아라."

할아버지는 돌쇠에게 들고 있던 탈을 건넸어요. 돌쇠는 탈을 받더니 이리저리 살펴보다 얼굴에 쏙 써보았어요. 그때 갑자기 하늘에서 우르르릉 꽝! 천둥 번개가 쳤어요.

"으아아아!"

탈을 쓴 돌쇠는 비명을 질렀어요. 그 순간 돌쇠의 모습은 온데간데없고 누런 소가 한 마리 서서 음매~ 하고 울었어요.

"이제 마음에 드느냐? 네가 그토록 원하던 소가 되었구
나. 자, 그럼 장에 가 너를 팔아 볼까?"

할아버지의 말에 돌쇠는 음매~ 하고 울었어요. 그 소리
는 소가 되어 좋다는 것인지, 싫다는 것인지 알 수 없었어요.

할아버지는 소가 된 돌쇠를 끌고 *장으로 갔어요.

"싫어요. 난 소가 아니에요. 돌쇠라고요."

아무리 소리쳐 보아도 목에서 나오는 소리는 음매~ 소리 뿐이었어요.

할아버지가 장에 다다르자 사람들이 몰려들었어요. 할아 버지는 사람들을 향해 말했어요.

"아주 건강한 황소입니다. 이놈을 사가는 분은 횡재한 겁 니다."

"어디 봅시다. 아주 잘생겼군요."

"건강하게 보이네요. 밭도 아주 잘 갈겠어요."

사람들은 돌쇠를 보고 한마디씩 했어요.

"내가 사겠소. 나에게 파시오."

한 농부가 돌쇠를 찬찬히 훑어보더니 할아버지에게 말했 어요.

"좋습니다. 자, 데려 가시오."

할아버지는 농부에게 돈을 받으며 말했어요.

장 : 많은 사람들이 모여 물건을 팔고 사는 곳

"참, 한 가지 조심하시오. 이 소는 무를 먹으면 곧바로 죽는다오. 그러니 절대 무를 먹이면 안 된다오."

농부네 집에 온 돌쇠는 아침부터 저녁까지 밭을 갈았어요.

"어머니, 보고 싶어요. 음매~ 음매~ 다시 사람이 된다면 어머니를 도와 열심히 일하며 살고 싶어요."

하지만 아무리 울며 소리쳐도 나오는 소리는 소 울음소리뿐이었어요.

어느 날, 힘들게 밭을 갈던 돌쇠는 밭 한쪽 구석에 무가 심어져 있는 것을 보았어요.

"아, 이렇게 소로 사느니, 차라리 죽어 다시 태어나는 것이 낫겠어. 다시 사람으로 태어나면 열심히 일하면서 살아야지."

이렇게 결심한 돌쇠는 무를 하나 쑥 뽑아 우적우적 씹어 먹었어요. 그런데 이상한 일이었어요. 무를 하나 다 먹었는

데도 죽기는커녕 자신의 몸이 다시 사람으로 변하는 것이
었어요.

"아, 다시 사람이 되었다! 사람이 되었어!"

놀란 돌쇠는 몸 여기저기를 만져 보며 놀라 소리를 질렀
어요. 아무리 봐도 사람의 몸이었고 목소리도 예전 그대로
였어요.

"아, 감사합니다. 감사합니다. 다시 사람이 되게 해 주셔
서 감사합니다."

돌쇠는 누구에게인지 몰라도 그저 감사하다는 말을 연신
중얼거렸어요.

돌쇠는 당장 집으로 달려갔어요. 집에 돌아온 돌쇠는 예
전의 게으름은 싹 버렸어요. 아침 일찍 일어나 저녁 늦게까
지 게으름을 피우지 않고 부지런히 일하였어요.

의좋은 형제

『국어 2-2 나』, 9. 인형극은 재미있어요

옛날, 아주 오래전 옛날, 어느 마을에 사이좋은 형제가 살았어요. 형은 동생을 끔찍이 사랑했고, 동생은 형을 잘 따랐어요. 어려서부터 사이가 좋았지만 어른이 되어 각자 가정을 꾸리고 살아도 형제의 *우애는 변하지 않았어요.

형제의 집은 그리 넉넉하지 않았어요. 하지만 부모님께 물려받은 얼마 안 되는 논밭을 힘을 합해 부지런히 일구고, 곡식을 거두어들이면 둘이 똑같이 나누었어요.

동네 사람들은 그런 형제를 입에 침이 마르도록 칭찬했어요.

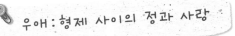

우애 : 형제 사이의 정과 사랑

170

"참으로 의가 좋은 형제야."

"그러니까요. 서로 아끼며 사는 모습이 참 보기 좋아요."

의좋은 형제의 농사는 올해도 풍년이었어요. 누런 들판을 바라보며 동생이 말했어요.

"형님, 누렇게 익은 벼가 꼭 황금 같아요. 모두 형님이 애쓰신 덕분이에요."

"무슨 소리야. 아우인 네가 열심히 일한 덕분이지."

형제는 벼가 누렇게 익은 논을 바라보며 흐뭇하게 미소를 지었어요.

드디어 벼를 수확하는 날이 되었어요. 동생은 다른 날보다 더 일찍 잠자리에서 일어났어요.

"형님은 나보다 나이가 더 많으니 벼를 베기 힘드실 거야. 내가 얼른 나가 형님 논의 벼를 베어 놓아야지."

동생은 형님이 벼를 베느라 고생하지 않도록 서둘러 낫을 들고 형님 논으로 갔어요. 그러고는 열심히 형님 논의 벼를 베었어요. 얼마를 베었을까요? 동생은 허리를 펴며 혼잣말을 말했어요.

"아이구, 허리야. 이제 그만하고 우리 집 논으로 가야겠다. 내가 형님 논의 벼를 벤 줄 아시면, 나를 도와주시려고 우리 집 논의 벼를 벤다고 하실 거야."

아우는 형님의 일을 조금 덜어드렸다는 생각에 기분이 좋았어요.

아우는 서둘러 자신의 논으로 갔어요. 그런데 이게 웬일일까요? 자신의 논은 벌써 벼가 베어져 있어요.

"아이쿠, 형님이 벌써 다녀가셨구나."

아우는 벼가 베어진 자신의 논을 보고 눈물이 핑그르 돌았어요.

형님도 자신의 논에 도착해서는 벌써 벼가 베어진 논을 보고 아우가 다녀간 것을 눈치챘어요.

"어허, 벌써 아우가 다녀갔구나."

형은 아우의 착한 마음에 흐뭇한 미소를 지었어요.

의좋은 형제는 부지런히 서로의 논의 벼를 베어 차곡차

174

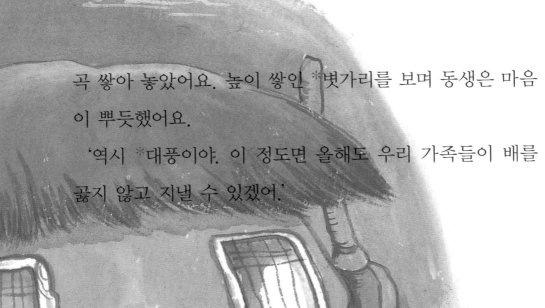

곡 쌓아 놓았어요. 높이 쌓인 *볏가리를 보며 동생은 마음
이 뿌듯했어요.

'역시 *대풍이야. 이 정도면 올해도 우리 가족들이 배를
곯지 않고 지낼 수 있겠어.'

그때 아우는 형님이 떠올랐어요.

'형님네는 우리 집보다 가족이 더 많으니 식량이 더 많이 필요할 거야. 그래, 형님에게 벼를 더 갖다 드려야겠어. 그런데 분명 받으려 하지 않으실 텐데……'

아우는 어떻게 하면 좋을까 곰곰 궁리를 하였어요.

'그래, 바로 그거야. 모두 잠이 들었을 때 형님 논에 벼를 가져다 놓으면 돼.'

아우는 캄캄한 밤이 되자 슬쩍 집을 나와 자신의 논에 있는 볏단을 지게에 지고 형님 논으로 갔어요. 아무도 없는 한밤중인데도 살금살금 소리가 나지 않도록 걸어 형님 논에 볏단을 내려놓았어요. 몇 번을 자신의 논에서 볏단을 가져다 형님 논에 쌓았더니 어느새 형님 논의 볏가리가 자신의 논 볏가리보다 더 높아졌어요.

"이제 됐어. 이 정도면 형님네 가족이 풍족하게 한해를 보내실 거야."

아우는 형님 논에 쌓인 볏단을 보고 빙그레 웃으며 말했

볏가리 : 볏단을 가지런히 쌓아 놓은 더미
대풍 : 농사가 썩 잘되어 수확이 많은 것

어요.

아우는 기쁜 마음을 안고 집으로 돌아와 다시 잠자리에 들었어요.

다음 날 아침 논에 나간 아우는 깜짝 놀랐어요. 분명히 어젯밤에 형님 논에 볏단을 져다 놓았는데 자신의 논의 볏가리가 줄지 않고 그대로였어요.

"어허, 이거 귀신이 곡할 노릇이군. 왜 볏단이 그대로일까?"

아우는 어리둥절했어요.

이게 어찌된 일일까요?

사실은 어젯밤 형님은 잠들기 전 이런 생각을 했어요.

'올해 아우가 장가를 갔으니 이런저런 살림살이가 많이 필요할 거야. 아무래도 아우에게 벼를 더 갖다 주어야겠어.'

형님은 밤이 깊어지자 슬그머니 집을 나와 자신의 논에 있는 볏단을 져다 아우네 논에 쌓았어요.

형님은 아침에 일어나 자신의 논에 가 보고는 깜짝 놀랐

178

어요.

"어라, 어젯밤에 볏단을 져다 아우네 논에 놓았는데 어째 그대로이지?"

형님도 줄지 않은 볏단을 보고 어리둥절해했어요.

그날 밤, 형님은 다시 논으로 나가 볏단을 지게에 지고 아우의 논으로 갔어요. 몇 번을 그렇게 했더니 이제 아우네 볏가리가 자기 논의 볏가리보다 더 높아졌어요.

"이제 됐어. 야만하면 됐어."

형님은 흡족하게 웃으며 말했어요.

형님이 기쁜 마음으로 집으로 돌아간 뒤 이번에는 아우가 집을 나와 자신의 논으로 갔어요.

그러고는 자기 논의 볏단을 지게에 지고 형님 논으로 옮겼어요.

한참 후 아우는 지게를 내려놓고 땀을 닦으며 말했어요.

"휴, 힘들다. 자, 이정도면 됐어."

아우는 형님네 논에 쌓인 볏가리를 보고 기쁜 마음으로

집으로 돌아갔어요.

다음 날, 일찍 논에 나간 형제는 또 깜짝 놀랐어요.

"아니, 대체 이게 어찌된 일이지? 이번에도 볏단이 줄지 않았어!"

형제는 고개를 갸우뚱거리며 놀라워했어요.

그날 밤, 형제는 또다시 자신들의 논에 나가 볏단을 지고 날랐어요. 볏단을 담은 무거운 지게를 지고 두 논을 왔다 갔다 하느라 이마에는 땀방울이 송골송골 맺혔어요. 휘영청 보름달이 뜬 저녁이었지만, 지게를 지고 밤길을 걷는 것은 그리 쉬운 일이 아니었어요. 한참을 지게를 지고 힘겹게 두 논을 오고가던 형제는 어느 순간 논두렁에서 서로 딱! 부딪혔어요.

"아이고!"

"아이쿠야!"

지게를 진 채 뒤로 벌러덩 넘어진 형제는 서로의 목소리를 듣고 깜짝 놀랐어요. 급히 일어나 서로의 얼굴을 확인하

고는 껄껄 웃었어요.

"내 논의 벼가 줄지 않은 이유가 너 때문이었구나."

"제 논의 벼가 줄지 않은 이유가 형님 때문이었군요!"

형제는 이제야 자신들의 논에 벼가 줄지 않은 이유를 알고는 가슴이 뭉클했어요.

"아우야, 고맙구나."

"형님, 제가 더 고맙습니다."

의좋은 형제는 서로를 얼싸안고 다시 한 번 서로를 아끼는 마음을 확인했어요.

팥죽 할머니와 호랑이

『국어 2-2 나』, 9. 인형극은 재미있어요

옛날 어느 산속에 혼자 사는 할머니가 있었어요.

할머니는 팥죽을 좋아해서 봄이면 밭에 팥을 뿌려 길렀어요.

어느 날 할머니가 팥 밭을 매고 있는데 호랑이 한 마리가 나타났어요.

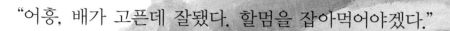

"어흥, 배가 고픈데 잘됐다. 할멈을 잡아먹어야겠다."

호랑이는 입맛을 쩝쩝 다시며 말했어요. 할머니는 무서워
온몸이 덜덜 떨렸어요.

"호랑이야, 호랑이야. 이 팥이 다 자라면, 내가 맛있는 팥
죽을 쑤어 줄 테니 나를 살려 다오."

그러자 호랑이가 말했어요.

"팥죽? 그래. 나도 팥죽을 좋아하니 그때까지 기다려 주지."

할머니는 휴, 살았다는 안도의 한숨을 쉬었어요. 그러나 호랑이가 말했어요.

"오해하지 마. 맛있는 팥죽을 먹고 나서 할멈도 잡아먹을 거야."

어느덧 시간이 흘러 팥이 다 여물었어요.

할머니는 호랑이와 한 약속을 한시도 잊은 적이 없었어요. 마침내 낮이 가장 짧고 밤이 가장 길다는 동짓날 팥죽을 쑤기 시작했어요. 할머니는 팥죽을 쑤면서 눈물을 흘렸어요. 오늘 호랑이가 팥죽을 먹고 나서 할머니도 잡아먹는다고 했으니까요. 그때 굵은 알밤들이 데굴데굴 굴러와 말했어요.

"할머니, 왜 그렇게 슬피 우세요?"

할머니는 호랑이와 있었던 이야기를 해 주었어요. 그러고는 따뜻한 팥죽을 한 그릇 주었어요. 알밤들은 팥죽을 나누어 먹고 아궁이 쪽으로 사라졌어요.

할머니는 쉬지 않고 눈물을 흘리며 팥죽을 저었어요. 그러자 송곳과 절굿공이, 멍석, 지게가 나타나 말했어요.

"할머니, 저희에게도 팥죽 좀 주세요."

할머니는 이들에게도 맛있는 팥죽을 주었어요. 팥죽을 싹싹 비운 송곳과 절굿공이, 멍석, 지게는 부엌 여기저기에 몸을 숨겼어요.

어둠이 내려 밤이 되자 호랑이가 어슬렁어슬렁 할머니 집으로 내려왔어요.

"어흥, 팥죽 냄새가 솔솔 나는군. 어디 맛있게 쑤어졌나?"

호랑이는 코를 벌름거리며 가마솥 안을 들여다보았어요. 그때였어요. *아궁이 안에 들어 있던 뜨거운 알밤들이 톡, 톡, 튀어 오르며 호랑이 얼굴을 탁! 탁! 탁! 때렸어요.

"아얏!"

호랑이는 깜짝 놀라 얼굴을 감싸 쥐고 뒤로 엉거주춤 물러났어요. 그때 송곳이 달려와 호랑이 엉덩이를 사정없이 콕콕 찔렀어요.

"아얏! 앗, 따가워."

호랑이는 놀라 부엌 밖으로 뛰어나갔어요. 그러자 문 밖에 있던 절굿공이가 호랑이를 퍽퍽, 사정없이 때렸어요.

"아이구, 호랑이 살려!"

얼마나 세게 맞았는지 호랑이는 기운을 차릴 수가 없었

아궁이 : 솥 또는 가마에 불을 때기 위하여 만든 구멍

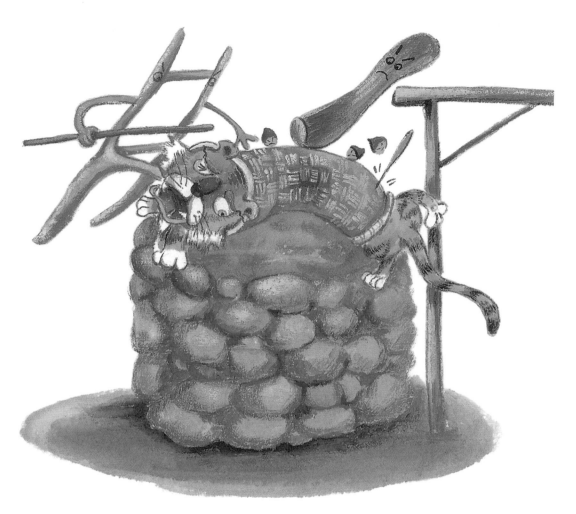

어요. 축 늘어져 있는 호랑이를 멍석이 다가와 둘둘 말았
어요. 그러자 지게가 *멍석에 말린 호랑이를 지게에 얹더니
깊은 우물에 풍덩 빠뜨렸어요.

알밤과 송곳, 절굿공이, 멍석, 지게 덕분에 목숨을 구한
할머니는 덩실덩실 춤을 추었어요. 그러고는 고마운 친구들
에게 맛있는 팥죽을 많이많이 쑤어 주었답니다.

멍석 : 흔히 사람이 앉거나 곡식을 너는 데 쓰는,
짚으로 엮어 만든 큰 자리

1~2학년 교과서
전래동화

초판 1쇄 발행 2014년 2월 10일
초판 5쇄 발행 2020년 6월 15일

발행인 최명산 글 해바라기 기획 그림 김진경
디자인 토피 디자인실 마케팅 신양환
펴낸곳 토피(등록 제2-3228) 주소 서울시 서대문구 홍제천로 6길 31
전화 (02)326-1752 팩스 (02)332-4672 홈페이지 주소 http://www.itoppy.com

©2014, 토피 Printed in Korea
ISBN 978-89-92972-70-3